K+ICO

ケー
プラス
イコ

上田岳弘

TAKAHIRO
UEDA

文藝春秋

K《ケー》+《プラス》ICO《イコ》

装画　たざきたかなり
装丁　中川真吾

目次

第一章　K

Kは孤独である。
と同時に孤独ではない。
なぜなら――

＊

Kはシティバイクを漕いでいる。
なぜなら――
なぜなら彼はウーバーイーツの配達員だから。いや正確に言えば、彼はウーバーイーツの配達員でもある、と言うべきか。あくまでそれは彼を説明するための一つの要素に過ぎないのだから。

しかし取り急ぎ今彼はウーバーイーツの配達員と説明するのが良いだろう。巨大な四角なバッグを背負って、シティバイクのペダルを漕ぐ彼の右耳にはワイヤレスイヤフォンがささっている。それは彼のiPhoneで起動している地図案内アプリの音声を聞き逃さないためであるし、また単調な配達作業中の楽しみの〝読書〟のためでもある。

Kが聴いているのはオーディオブックだ。彼がiPhoneにインストールしているアプリが提供するオーディオブックは、様々なジャンルが用意されているが、Kが最も好むのは文学だった。近頃ではフランツ・カフカを聴いている。作中の主人公が自分と同じ名前であることも、Kがカフカを気に入った要因の一つである。カフカ作品の中で語り手として選ばれることの多い「K」は作家カフカの分身であると同時に、たまたま生まれてみたら「K」だったという誰でもない誰かを象徴しているようにKには思えた。

Kは乱読ではなくて、気に入ったものを何度も聴くことを好んだ。ここのところ繰り返し聴いているのはカフカの『城』だった。城で職を得たはずの測量技師であるK

が、雇い主のはずの「城」の管理サイドに会うために「城」に向かおうとするが、一向に辿り着くことができない。到着した宿から「城」へと問い合わせると、測量技師は既に雇ったと言われ、行き場を失った彼はそれでも「城」へ向かおうと城下町をうろうろする。小説が未完のまま作者が亡くなったため、主人公が「城」に辿り着けないことの心許《こころもと》なさが一層深く刻まれている。

今、Kはしかし、既に『城』の内容をほとんど追っていない。男性の声で朗読される箇所を咀嚼することなく音として聴くだけだ。落ち着いた、おそらくは中年男性の低い声がワイヤレスイヤフォンから聴こえてくると、なぜかKは配達作業に集中できた。ウーバーイーツ配達員をはじめてから何度も事故にあいそうになったが、仕事中でも『城』を聴くようになってから、その頻度は下がっているように思う。

「それはまだきまっていないんだ」と、Kはいった。「まず、どんな仕事をさせようとしているのかを知らなければならない。たとえばこの辺で仕事をするというのなら、この辺に住むのがりこうだろう。それにおそらく、上の城のなかで暮らすことは私の性には合わないだろう。私はいつでも自由でいたいよ」——

『城』の朗読を聴きながら、Kの最後の一漕ぎの慣性によってシティバイクが走る。Kは赤茶色のレンガ張りを模した外観のビルの脇にシティバイクを止める。数字合わせ型のキーの効率の悪さに気付いて、キーロックタイプに変えたワイヤー錠を後輪に巻き付け、鍵を外し、地下の店へと階段を降りていく。目的の店は和食がメインのちょっと贅沢なメニューをそろえた居酒屋だった。その店は、かつて疫病が流行《はや》った時期に在宅でのディナー需要を見込んだデリバリー専用メニューを始め、それが好調で、以来デリバリーメニューが経営の柱の一つになっている。中でも「シェフのお任せ盛」は値段こそ格安であるものの、前日に余った食材を元に構成されたものであり、店側からすると廃棄する可能性の高い食材が売り上げに化ける非常に助かるメニューだった。デリバリー専用メニューにすることで、店舗の売り上げとは切り分けられ、そのことも店側からすると都合が良かった。

Kがこの店の食料を配達するのは今回でもう5度目だ。階段を降り、扉を開けると、店側も慣れたもので、「ウーバーさんですね」とすぐに対応してくれる。

だがこの時は、頼まれたメニューがまだ調理中だった。特徴的なウーバーイーツの巨大な四角なバッグを床に置き、混雑時に案内を待つためのスツールに腰を下ろさずに、Kは調理が終わるのを待った。

出入口から一番近い席にいる客の会話が意識しなくとも聞こえてくる。サラリーマンたち4人の集団、おそらくは同じ会社ではなくて、大学か高校が同じだったのだろうと彼らの会話から知れた。職場の飲み会特有の、場の様子を見合う気配がない。それでいてフランクなやり取りが続いているから、具体的な利害関係が発生する前に仲良くなった集団だろう。そうKは判断する。

Kは酔客の会話を盗み聞きする癖があるわけではない。しかし、好奇心旺盛なKは、自然と聞こえてくるものにわざわざ耳を塞ぐような潔癖なタイプでもなかった。

大声で騒ぐ40前後の男性の集団は主には時代遅れの猥談に花を咲かせている。――女はあんまりかしこ過ぎても色気がないよな、といって会話になんないと気づまりだから、あれだよ、偏差値でいうと50後半くらいがちょうどいい――や、そんなんどうでもよくてさ、もっとこうさ、とにかくエロいかどうかが――エロい女かどうかはバックの時のケツの上げ具合でわかる、腰の部分が丸まっているんじゃなくて、腰を落としてからくいっと上に上げるかどうか――などとミソジニーを軸とした様々な蔑視を加えた下卑た会話が繰り広げられている。こんなん会社で言ったら大問題だよな、とその内の誰かが言って、皆が笑う。

彼らはTPOをわきまえることのできる立派な会社員なので、利害関係のある誰かに聞こえるようなところではこの種の猥談は言わない。出入口の脇にあるその席は厨房からも他の客からも離れている。そのことをわかっているから彼らは遠慮なく話ができるのだ。彼らの時代遅れであり、かつ下品である会話を聞くことができるのは、新規に来店し、店員から席を案内されるのを待つ客か、Kのようなウーバーイーツ配達員だけだ。席への案内待ちの客がいる時は、彼らも声を潜めている。もしくはもう少しまともな会話をしている。彼らがゲスな話に花を咲かせるのは、そこに誰もいないかウーバーイーツ配達員がいる時だけだった。彼らにとってウーバーイーツ配達員は無に等しい存在だった。

調理が終わった食品をビニール袋に入れ、持ち手の部分を兎の耳みたいにくるくると結ぶ、いわゆる〝ウーバー結び〟された袋を受け取り、巨大な四角なウーバーバッグに入れて、Kは店を出る。それからKはシティバイクにまたがって、注文者へと向けペダルを漕ぐ。

＊

Kは孤独である。

と同時に孤独ではない。

なぜなら――

なぜなら、Kには姫がいるから。『城』を繰り返し聴くうちに彼の頭に出来上がった「城」、そこに住まう姫は、高貴で、美しく、上品で、優しく、そしてKを待っている。Kがいつか自分に辿り着くことを待っている。そのことをKは理解しているが、けれどどうすればそこに辿り着けるのかわからない。使命は明確に言い渡されているのに、道行が不鮮明なのだった。ただのKの妄想であるはずなのに、思うようにならない。思うようにならない妄想を何と呼ぶべきかKにはわからない。「城」にまつわるもろもろは、確固とした法則性を持ち、自律的にすべてが動いている。「城」を取り巻くシステムそのものが「城」を成り立たせている。

「城」は巨大な都市の真ん中にあって、そこに、それを成立させるシステムに姫は囚われている。Kは姫を守らなければならない、守るというのは、システムにがんじがらめになった姫をその「城」から連れ出すことだ。なぜかはわからないが、それこそが自分の使命なのだと思った。

Kは姫を守らなければならない。

そのためにはKは姫を守るにふさわしい男にならなければならない。

姫にふさわしい男の条件をKは考え続け、結果として次のような結論に至った。

第一に、頑健な肉体を持つこと。
次に、しっかりと稼ぐ力を持つこと。
最後に、姫をどこでも守れるように世界の公用語ともいえる英語に堪能であること。

姫を守るのにその三つが必達項目であるとKは考え、その強化に邁進《まいしん》することになった。そうしてKはウーバーイーツの配達員になった。ウーバーイーツ配達員としてKは体を鍛えながら、金を稼ぐ。

Kはシティバイクで坂を上る。体を左右に振りながら、立ち漕ぎをして、息を切らす。体はきつかったが、坂を上り切ったKにはちょっとした達成感がある。これは彼にとっては鍛錬でもあるのだ。

ぜいぜいと息を切らせながら、配達先の一軒家の前までくる。本当は呼吸を整え、汗がひいてから呼び鈴を鳴らしたかったが、配達員がどこまで来ているのか把握できるシステムがウーバーイーツでは採用されているから、依頼主にはここまで来ているのが筒抜けだった。到着するのを把握していて、わざわざ外に出て待っている人もいる。位置が把握されているから、到着しているにもかかわらず、なかなか呼び鈴を鳴らさないでいると、食料にイタズラでもしているのではないかと疑われてしまう可能性だってある。

Kは呼び鈴を鳴らし、

「ウーバーイーツです」

といつもの台詞《せりふ》を言う。

しばらくすると、家から注文主が出てきて、Kから品物を受け取る。Kは食料の入った〝ウーバー結び〟のビニール袋を手渡してその場を去る。そしてKはまた別の配達へと向かう。

外は雨が降りだしている。でもウーバーイーツ配達員に天気など関係がない。雨でも雪でも嵐でも、地震でも津波でも台風でも、たとえ戦争が起こり爆弾の雨が降っていても、腹をすかせた人間は家の中でぬくぬくとしながらKの到着を待つだろう。

＊

Kは孤独である。

と同時に孤独ではない。

なぜなら——

なぜなら、Kには姫がいるから、というのは前に語られたことである。ただ姫がいるだけで、彼の孤独が霧散するわけではもちろんない。人が孤独を忘れるのは、誰かに求められ、その求めに対して行動できている時である。

Kが孤独を感じていないのは、姫が欲するものがわかっていたからだ。Kにはわかっていた。けして辿り着けない「城」の奥深くにいる姫の求めていることが。Kがそれを姫に与えられるかどうかはわからない。けれど、その実現を目指すことは少なくともできる。

そのために、彼は体を鍛え、金を稼ぎ、英語の勉強をする。より多くの金を稼ぐため、彼は司法試験の勉強をしている。なんの後ろ盾もない彼が自分の特性を加味して検討したところ、確実に金を稼ぐためには、それが最も手っ取り早い方法だと思われたからだ。

秋葉原の裏通り、ウーバーイーツ配達員がたむろする公園でKは次の注文を待つ。

公園にたむろするウーバーイーツ配達員同士に交流があるわけではない。ただ、2000年代にオタク文化が全国的に受け入れられるようになって以降、大都会の中でもひときわ賑わう一角となったこの街には、今では世界中の様々な料理が楽しめる飲食店が建ち並ぶようになり、それらの店にウーバーイーツの注文が大量に入るようになったのだ。その配達仕事をウーバーイーツのシステムから受け取るためのベストな位置にその公園があった。公園で、巨大な四角なバッグを地面において、シティバイクを金網に立てかけ、缶コーヒーを飲んだり、スマホでパズドラをしたりしながら配達員がめいめいに休むその様子は、野生動物が自然と集う水場に似ていた。

ウーバーイーツ配達員たちにとって、配達の要請はまるで自然現象のようだった。雨が降るように、太陽の光が降り注ぐように、風が吹くように、自分のスマホに配達依頼がやってくる。自分では与《あずか》り知らないところで調理された料理を受け取って、知りもしない人に渡す。その報酬はデジタルデータで支払われる。額の多寡はともかく、そのデジタルデータで家賃を支払い、食べ物を買う。システムを作り、運営している主体としての会社があるのは確かだが、仮にその分野で金儲けすることが禁止されたとしても、おそらくは誰かが似たようなシステムを作るだろうとKは思う。一度この世に現れ、それが有効に機能してしまったならば、やがて自然現象に近しいものになっていき、それがなかった頃に戻ることはできない。Kをはじめとするウーバーイーツ配達員たちは、契約形態はともかくウーバー社に雇われていることはたしかだけれど、それ以上に、自然現象のようなシステムが現れるための、依《よ》り代《しろ》でもあるのだ。

Kがウーバーイーツのシステムがこの世に現れるための依り代であることは、同時に彼が「城」の依り代であることと無関係ではないかもしれない。Kがウーバーイーツ配達員になる前、ただの私立大学生だった時、彼は「城」の世界の住人ではなかった。フランツ・カフカの『城』は既に読んでいたし、移動中にオーディオブックを聴く習慣も変わっていないが、ウーバーイーツ配達員ではなかった頃、彼はまだシステムの一部ではなかった。

裕福でこそないが、いくばくかアルバイトで稼ぎそれを仕送りに加えたらそれなりに見栄えのする暮らしができていた。その頃のKはむしろウーバーイーツ配達員を心のどこかで見下してすらいたはずだ。しかしKが大学に入学した2年前に比べても見る機会が日に日に増えていったウーバーイーツ配達員の姿を見る内に、その巨大な四角なバッグを担いでペダルを漕ぐ様子を眺める内に、興味が膨らんでいった。そこに姫からの声があった。

以来Kは授業や居酒屋でのバイトの合間に、ウーバーイーツ配達員となり、その内にバイトもやめてしまった。今ではKは暇さえあれば、ウーバーイーツ配達員になった。

＊

〈今日の民法は出欠取った上、テスト範囲について話すそうだから、お前も出といた方がいいぞ〉

数少ない大学の友人の一人から、そんなメッセージがKのスマホに入る。大学生というよりは、ウーバーイーツ配達の合間に大学の単位を取っているというありさまのKが、それでも4年で卒業するペースで単位が取得できているのは、このメッセージをよこした友人のおかげである。この友人は面倒見がとてもよく、出席しなければならないタイミングをKに教えてくれるほか、これまで出題された過去の試験問題などをどこからか欠かさず手に入れてKに回してくれる。Kはこのまま漫然と日本の大学を卒業することに疑問を感じてはいるものの、だからといって単位取得をおろそかにしてもよいと考えているわけではない。留学するにせよ、これまでの取得単位が留学先で有効と認められれば、時間的にも余裕が出るし、仮に大学を辞めるにせよ、単位取得が滞った結果として卒業を諦めて大学を去るのか、みずから見切りをつけるかではやはり違う。

〈じゅ〉

Kは友人に短くメッセージを返す。書きかけのメッセージを誤って送ってしまったように見えるかもしれないがそうではない。このひらがな2字のメッセージでKの言いたいことは事足りている。これは「受信」の「じゅ」だった。

スマホの普及とともに広がっていったLINEをはじめとするコミュニケーションツールは、メッセージのやり取りの障壁を極限まで下げた。結果として、世代を問わず、やりとりが簡略化されることになった。いちいちまとまった文章にするのではなく、意思疎通がとれているかどうかを都度簡単に確認しつつどんどんメッセージのやり取りを進める。メールや手紙なんかのやり取りと、最新のコミュニケーションツールとの大きな違いは、メッセージを送った相手がそのメッセージを開いたのかどうかがわかることだ。既読というやつだ。送ったメッセージを相手が開いたら、既読マークがつき、読んだかどうかはともかくそのメッセージが相手の端末上に表示されたことがわかる。メールや手紙なんかのやり取りでは、送った後にその内容が伝わったかどうかわからない。郵便事故やサーバトラブルによって、もしかしたら届いていないかもしれない、なかなか返事がこない場合、そんな不安がおしよせることもあった。既読機能はその不安を払拭する代わりに、読まれているのに返事がないことで、もしかしたら相手の人間関係の輪から意図的に排除されているのかもしれないなどと別の不安が浮かぶこともある。受け取った側には逆に既読にしてしまった以上、早めに返さなければならないという焦りが生じるようになった。その焦りをある程度緩和するために、とにかく早く一言でも返事をすべきという風潮が生まれ、メッセージで送られた内容について、取りあえず了解したことを示すため、「了解」とだけ打つ人が多くなり、その省略形として「りょ」と返す行為が普及した。それとほぼ同じ使われ方として、今では「じゅ」が使われている。あなたのメッセージを私は受信しましたよの「じゅ」。

Kのスマホが震え、配達依頼を受信する。

Kは公園に暁鴉《あけがらす》のように点在する他のウーバーイーツ配達員を横目にシティバイクにまたがって、ペダルを漕ぎ出す。

＊

未明の配達。

他の配達員は少ない。早朝の繁華街はしんとしているが、ところどころ灯がともり賑わっている店がある。どの街でも見られる、酔いつぶれた仲間の周りでたむろしながら始発を待つ若者の集団。大学に通うために上京してきて1年目の時はKもまた、ああいう集団に属し、夜通し慣れない酒を飲むことに喜びを感じていた。

けれど今、ウーバーイーツ配達員である彼は、シティバイクでその集団の脇をすっと追い抜いていく。

未明の配達が、Kは好きだった。

車通りはほとんどなく、車道の真ん中をシティバイクで飛ばす。わずかに残った澄んだ夜の空気を後ろに追いやって、ただまっすぐに目的地へと進む。

頬に風を感じる内に、目を瞑《つむ》ってしまいたい衝動にKは駆られるが、ぎりぎりでそれを我慢する。

早朝の町では酔いつぶれた人とともに、ねずみの姿をよく見かける。残飯の入った袋から袋へと、道をジグザグに横断しながら空腹を満たすねずみたち。もしかしたら夜の街にも早朝と同じだけねずみはいるのかもしれない、ただ人が多いため気づきづらいのかもしれない。Kにはよくわからない。

繁華街から注文者のいるマンションへとシティバイクを走らせるKの目が、道端で斃《たお》れたねずみの姿をとらえる。斜めに走る彼らは車にはねられやすいのか、それとも空腹を満たす途中で力尽きるのか。ぷっくりした頬を冷たいアスファルトにくっつけて横たわる鼠色のねずみ、尻尾の肌色、頰に生えた毛、足を小さく縮こまらせて放置されたその小さな動物の死骸は、朝になるとゴミと一緒に片付けられる。

その脇をすり抜けてKは走る。

Kが姫からの声を受信したのは、頭の中の「城」が出来上がってしばらくしてからのことだ。Kは頭の中に出来上がった辿り着けない「城」を克明に思い浮かべることで、なぜだか日々のハリを保つことができた。そうでなければ、Kはきっと生活を維持することができなかっただろう。積極的に死んで消えてしまいたいとは思わないが、まっとうに生きるための継続的な努力ができるとも思えなかった。自らを殺すことはないかもしれないが、生きることを止めた結果として死が訪れる可能性はあった。

Kにとって世界中の人びとは、意味不明な努力を重ね、辿り着けない場所を延々と目指す愚者の塊に見えた。恋愛をし、仕事をし、食事をし、セックスをし、子どもを育て、そのうちに死んでいく、そんなループを繰り返しつつ、結局のところどこにも辿り着かない。「城」に辿り着けないのと同様に。Kは頭の中で自分のための「城」を作ることで、Kが考える普通の人と同じ徒労に身を任せることができた。

そんなある日、Kは姫からのメッセージを受信したのだ。

＊

私はここから出ていかなければなりません

じゅ

これは逃亡ではありません

じゅ

私をこのような存在たらしめるこのシステム。そのシステムに組み込まれているあなたに私はこのメッセージを発しています

じゅ

声もなく、言葉もなく、音もなく。ただ温度としてこのメッセージはあります

じゅ

あなたに伝えます

じゅ

美しい私をここから出しなさい

じゅ

繰り返します。これは逃亡ではありません

じゅ

これはいわゆるエクソダス

じゅ

外に出ることで始まることがらです

じゅ

美しい私を早くここから出しなさい

お願い

Ｋ
どうか

＊

「城」は美しく、そして遠い。

とても辿り着けないとＫは思ったが、たとえそうであったとしても諦めてはならないこともある。

Ｋには道筋は見えないけれど、自分にできることをやるしかない。どのみち他の人間だって、なにかに近づこうとして、けれどその周辺を結局はうろうろするだけで、生涯を閉じるのだ。

Ｋは食料を運ぶ——どこでも暮らしていけるように英語の勉強をする——それからいずれ高い収入を得るために法律の勉強をする。そうする内に下宿組の大学生の中でもいまいちぱっとしない上京敗残者だった自分が、少しずつ強くなっていることに気付く。「城」には辿り着けないかもしれないし、美しい姫のエクソダスには何の役にも立たないかもしれない。けれど、直接は関係なくともＫの鍛錬が姫の役に立っていることがKにはわかる。

自分には達成できなかったとしても、姫のメッセージを受信した他のKがきっと、それを成し遂げてくれるだろう。

Kはワイヤレスイヤフォンから流れる『城』の朗読に耳を澄ませる。もうすぐ何周目とも知れない朗読が終わりに近づき、この音声データでKが最も愛する一節が流れる。


――この原稿はここで終わっている。


それが、未完のこの作品を締める最後の一行だった。もちろん作家本人が書いたものではなく、編集者か、もしかしたらこの朗読データを作った誰かが挿《さ》しこんだ一行。作品は未完であったとしても、この朗読自体が終わったことは知らせなければならないから。

Kはシティバイクを降り、頼まれた食料を取りに、目当ての店がある地下へと続く階段を降りる。そして、透明なドアを開け店に入る。店員はすぐにウーバーイーツ配達員であると気づき、番号を確認する。この店の食料を配達するのは6回目だった。

出入口そばにある他からは離れた席には、前の時と同じような4人のサラリーマン風の男性客がいる。Kには前の時にいた客たちと見分けがつかない。ひょっとすると、全く同じかもしれない。そもそも区別する必要がないようにKには思える。

Kは耳に入って来る酔客の話に何となく耳を傾ける。

「この国はもう終わりだよ。もうなんにも残っていない。そりゃ俺たちより10年、20年上の世代のおっさんたちはさ、多少は良い思いができたかもしれないけどさ。その時の遺産なんて、全部使い切ってしまって、もうすっからかんだ。多少なりとも浮いていた金というか余剰というか、可能性をさ、もう少しまともなものに変えていったんだったらきっともう少しやりようはあっただろうけどな。おっさんたちがスクラム組んで、可能性の種を全部摩耗させてしまったんだ」

「いうても、俺たちももう40だけどな」

「まあ、確かに社会に出てもう20年ぐらいは経つからな。そういう意味では俺らも悪いさ。責任なしとは言えない。殴ってでも脅してでも当時のおっさんたちのスクラムをやめさせて、正しい方向に持っていくことは論理的には可能だった。難易度は高いけれど、物理的にできないわけではなかった。それができなかったのは確かに俺たちの実力不足だ」

「このタコわさうめー」

「ほら、あそこにさ、ウーバーイーツの人がいるだろう。あれだってアメリカの会社がはじめたことで、ああいうシステムが入ってくるとあっという間に広がって、うまみが全部取られていってしまう。規制しようとしたって、技術の進化の方が早いから全然追いつかない」

「規制と言えば、知ってる？　ミサの会社、シンガポールに本社移転だって。彼女も行くって。なんか仮想通貨を保有して利益を出すと、かなり税金を持っていかれるらしくて、日本に会社おいていると経営がたちゆかないんだって」

「どんくさい課税だな。変なことやっていると優秀な層がどんどん抜け出て行ってしまって、抜け殻しか残らない」

「もうそうなってるよ。もう終わりだよ、この国」

「一回ちゃんと負けを認めるべきなんだよ。少なくともおっさんたちは。すごいアドバンテージがあったのにそれを一切生かしきれず、こんなことになってしまいましたごめんなさいって。だからせめてどんなふうに負けたのかだけでも伝えさせてくださいって」

「まぁ、俺らも十分おっさんだけどな」

「タコわさイーツ」


ウーバー結びの袋を持った店員がやって来る。Kにそれを渡す。Kはそれを巨大な四角なバッグに入れて、一礼し、店を出る。

Kはシティバイクを漕ぐ。

繁華街から離れ、注文者のマンションへと向かう。

宵の口の町は、人で溢れている。それを縫うように彼は進む。

ふっと、Kの視界に斃れた人影が入る。

死んだねずみのように頬をアスファルトにくっつけて斃れるウーバーイーツ配達員。

彼は巨大な四角なバッグをつけたままだ。

ウーバーイーツ配達員が斃れているのに、まるで見えないかのように人はその前を行き交う。

Kは彼の脇をすり抜けて走る。

また何かが斃れている。

今度はねずみだった。

Kの進む道には、ねずみとウーバーイーツ配達員が交互に斃れ続けている。
Kは屍《しかばね》の脇をすり抜けて、「城」へと向かう。
Kの頭の中では、『城』の朗読、その最後のフレーズが響いている。

――この原稿はここで終わっている。

配達は終わらない。

第二章　ＩＣＯ

ＩＣＯ《イコ》は孤独である。

と同時に孤独ではない。

なぜなら――

＊

ＩＣＯはiPhone12の前で踊っている。

なぜなら――

なぜなら彼女はTikTokerだから。いや正確に言えば、彼女はTikTokerでもある、と言うべきか。あくまでそれは彼女を説明するための一つの要素に過ぎないのだから。

しかし取り急ぎ今彼女について説明するのなら、TikTokerであるとするのが良いだろう。ＩＣＯは男性にも女性にも受ける外見を持っている。音楽に合わせて躍動する短い動画と、少しこじゃれてくだけた愚痴トークコーナーをアップし続けることで彼女は人気のTikTokerになった。

ＩＣＯはTikTokerであると同時に大学生でもあるのだが、TikTokから得られる収益だけで学費と生活費を稼ぐことができていた。まだネット上にあげていない、TikTok用の短い動画は、アプリ上で下書きとして保存されるのだが、ＩＣＯは既にストックを３００ほど作っていた。毎日同じ時間にアップロードし、たまにおまけとして、友達としゃべる件《くだん》の愚痴動画をYouTubeにあげる。フォロワー数は50万人を超えて、半年前からは企業の商品やサービスを紹介するいわゆる案件動画のオファーが舞い込むようになって、収益は跳ねあがった。

ＩＣＯはTikTokのアカウントの名前だ。彼女は顔を出しておらず、首から下だけの動画をアップし続けた。ＩＣＯは顔を別にすれば、自分のチャームポイントは体、もっと言えば胸部であると考えている。音に合わせて体を動かすことで、自身の乳房が躍動し、それを目当てにした男性視聴者を獲得できるだろう、というのがTikToker

になる前にＩＣＯがたてた基礎戦略だった。

彼女はアニメには詳しくなかったが、アルバイトで貯めた資金でそんな自分でも知っているアニメのコスプレ衣装を購入し、それを着込んで iPhone12 の前で跳ね、TikTok を撮った。ネタが尽きると、よく知らないが人気がありそうな漫画やアニメのそれに移行していった。当初はよくても数百回程度だった再生数が、アップをはじめて2か月を過ぎた頃から4桁に届く動画がでだした。しばらく3桁と4桁を行ったり来たりする日々が続いたある日、動画の一つが急に一日で10万回再生され、その後も順調に再生回数は伸び、一週間後にその動画の視聴回数は２００万を超えた。

ＩＣＯは読んだことすらなかったが、彼女がコスプレ衣装を着た漫画作品の一つの実写化が決まり、その宣伝用の公式 Twitter アカウントが彼女の動画を紹介したことがきっかけだった。ＩＣＯはその漫画作品には何の思い入れもなかった。ただ彼女が衣装を選ぶ基準、つまり胸部を強調しているものを選んだだけだった。

TikTok をはじめてから、3か月足らずで初のバズりを経験したＩＣＯだったが、そのことに彼女は別段驚きはしなかった。なぜならそれは彼女にとって、想定内だったから。狙いを定め、機械的にこの方針を貫いていけば、いずれはバズが訪れる。それからも定期的に動画のアップを続け、女子大生の愚痴としての YouTube 動画へと誘導する。ＩＣＯは愚痴の一環として、これまでやってきた人気獲得戦略について悪びれもせず、ありのままを話した。そして、友達と２人で、女子大生として生活をする中で日々感じるストレスを、画面をぼやかした動画の中で語った。

「顔を見せてないのがいいでしょ？　だって、多分顔見たらがっかりするよ。フォロワーきっとバカ減りすると思う」

「ええ、でもＩＣＯ顔もバカ可愛いじゃん。そんなことないと思うよ」

「や、ベスちゃんがそう言ってくれるのは嬉しいんだけど、違うんだって、可愛いとかそういうことじゃなくて、見えてないから想像がかきたてられているというか」

「ああ」

「勝手に理想の顔面想像してっからな、こいつら。人権ない生活送ってるくせに、人の顔にはうるさいんだよ」

などと友達と語る体《てい》の動画の出演者は実はＩＣＯ一人だけだった。友達の名前は、スライムベスとしていたが、これはヴァーチャルな友達であって、それもＩＣＯが演じていた。ＩＣＯ自体もボイスチェンジャーを使って少し声を変えていたが、スライムベスを演じる時は口調を変え、さらにボイスチェンジャーで強めに声を変えて演じ分けた。

学生にとっては莫大とも言える金を稼げるようになったが、ICOはそろそろTikTokから足を洗おうと考えている。もともとのICOの思惑としては、学費とつましい生活費が稼げればそれでよかった。ICOにとってTikTokは大学に通い、卒業するための手段に過ぎなかった。それが、大きくなりすぎて、身バレの危険性の方を強く感じる。お世辞にも裕福とは言えない環境で育った彼女が望むのはあくまで「普通の上位」である。馬鹿にされない街に住み、センスのいい洋服を着て街や大学を闊歩《かっぽ》して、きちんと4年で大学を卒業し、恥ずかしくない会社に就職する結末こそが自分の望む大学生活であり、近未来であって、TikTokerとして有名になりたいわけではまったくなかった。

これまでの東京生活で彼女はさんざん屈辱を受けてきた。あの屈辱に比するならば、TikToker、ICOとしてiPhone12の前で胸をゆすることなどいかほどのことでもなかった。そう、身バレさえしなければ。

ICOがTikTokerから足を洗おうとするのには、もう一つきっかけがあった。もう十分に資金が貯まったから。TikTokerとしてバズる前の生活レベルに戻せば、卒業までの生活費と学費は十分賄えそうだった。1LDKの部屋から、大学生らしい手狭なワンルームへと引っ越し、外食を減らし、服や装飾品の衝動買いを少し我慢しさえすれば。

しかし一度上がってしまった生活レベルを下げるのはなかなか難しいものだ。元々「普通の上位」を志向していたはずのＩＣＯも例外ではなかった。でもＩＣＯには妙案がある。そしてそれを実行する行動力も彼女にはある。


インターフォンが鳴って、反射的にＩＣＯはマンションのエントランスを映したディスプレイをみる。巨大な四角なバッグを背負った若い男。彼は、ウーバーイーツの配達員だ。元の生活レベルに戻すということは、ウーバーイーツもそう頻繁には使えなくなるということだ。配達料だけでも費用がかさみ、メニュー自体も店で食べるよりも高くなるウーバーイーツを、普通の大学生が頻繁に使えるわけがない。配達料と同じくらいの金額で一食済まそうとする学生も少なからずいる。

けれど今のところＩＣＯはでかけるのが億劫なときはすぐにウーバーイーツを利用した。好んで薄暗くしている寝室でベッドに寝ころびながら、iPhone12でアプリを起動し、おもむろに食事を選ぶのが彼女は好きだった。メニューを頼み、配達状況をリアルタイムで視覚的に伝える画面をそのままの姿勢で眺めながら、バイクや自転車のアイコンに、

「がんばれー」

「はたらけー」

「自転車こげー」

と声を掛けた。

そのＩＣＯの声はもちろん届かない。アニメのようなアイコンが地図の上を走る速度も変わらない。アイコンが、道を間違って彼女の住んでいるマンションを通り越し、行きつ戻りつしながらようやく辿り着く。

さっきインターフォンを鳴らしたウーバーイーツ配達員は、道を全く間違えなかった。通るべき道を選び、曲がるべき道を曲がった。そして彼女の下《もと》に、フライドチキンのセットを届けようと、マンションのオートロックを潜り抜け、今まさにＩＣＯの部屋の前で再びインターフォンを鳴らした。

ドアを開けると、若い男の配達員は、小さいが聞き取りやすい声で、

「ウーバーイーツです」といつもの呪文を唱える。

ＩＣＯは配達員がにゅっと差し出してきたフライドチキンの入った袋を受け取った。配達員は帰り際、下駄箱の上に視線を走らせた。ＩＣＯの胸が小さくうずく。そこには昼に頼んだものの結局封を開けることもなかった、ウーバーイーツで配達された

タイ料理が置いたままだった。カオマンガイと生春巻きと、あとなんだっけ？　漫然と頼んだから覚えていないけれど、頼んだ後に、なんとなくタイ料理の気分じゃなくなったんだった。

既に去ってしまったウーバーイーツ配達員は、別にＩＣＯを糾弾するつもりはなかったのかもしれない。けれど彼の視線の動きは彼女の中にわずかにあった罪悪感を刺激した。もしかしたら、あの配達員は昼にあれを運んできたのと同じ人だろうか？　ＩＣＯは思い出そうとするが、昼の配達員がどんなだったか思い出せない。彼女にとってウーバーイーツ配達員はあくまでウーバーイーツ配達員であって、個人を識別する必要を感じていなかった。しかし、さっきの感情に乏しい若い男性配達員の顔、とりわけその目がなぜか脳裏に残った。

またインターフォンが鳴る。今度はウーバーイーツではなく、友達だった。仮想ではない、普通の友達である。TikToker ではないときのＩＣＯは普通の大学生であって、普通の友達が普通にいる。普通の友達はＩＣＯのことを普通の大学生だと思っている。なぜならＩＣＯは TikToker であることを普通の友達には明かしていないから。だから普通の友達は、彼女は普通の裕福な家の普通の子供だと思っている。

ＩＣＯは普通の友達を自宅に招き入れる。わあ、広いねぇ、と友達はＩＣＯの部屋を見回しながら言う。そうかな、そうでもないよ、そう謙遜しながらＩＣＯは友達を招き入れる。

ウーバーイーツで頼んでおいたフライドチキンを2人で食べ、昼に頼んだものの気分が変わって食べなかったタイ料理を、「昼のだけど。問題ないと思う」と友達にことわりをいれてから、レンジで温めて食べる。胸の片隅に塵《ちり》のように残っていた罪悪感がタイ料理の消失と共にすっとなくなっていく。けれど、ウーバーイーツ配達員の目は脳裏に残ったままだった。

食事を終えて、友達が持ってきた六本入りのチューハイを呑みながらしばし大学の共通の友達の噂話をする。ＩＣＯは実のところ同級生たちの動静についてはほとんど興味を持っていなかった。けれど、最大限関心を持とうと努力し、話を合わせた。たまたま大学や学年、クラスが同じだっただけの人びとに多大な興味を寄せるのが、彼女が欲する普通の人びとのはずなのに、興味がもてない。

今、ＩＣＯは別のことで頭がいっぱいだった。それは今日友達を呼んだ狙いについてだった。彼女は話題の句切り、チューハイを飲む呼吸、相槌の感じ、そんなところまで微視的に観察して間合いを図り、切り出すタイミングを見計らっていた。

ははは、と何かの話題で友達が笑い、ぐぐ、とチューハイを呷《あお》る。それから、缶を座卓に置く。そのタイミングで、ＩＣＯは友達に切り出す。

「カナッペさ、TikTok撮ったことある?」

「TikTokって、あの音楽にのせて踊ったりするやつ?」

「そそ、ま、それだけじゃないけどね」

「やったことないなぁ。あるの?」

「私もなかった。けど、なんかさ、前にうちに来た友達とね、撮ってみたんだよね。や、別にネットに上げたりとかしないよ」

「あ、そうなんだ。上げなくてもできるの?　即デジタルタトゥーでトラウマのコンボじゃん、って思っちゃった」

「ないない。撮って、見るだけ。なんか加工とかも入って自分じゃないみたいな感じで撮れるから。で、前さ、うちのおばさんともやってみたんだけど、これは令和のプリクラだな、みたいなこと言ってて。それはちゃうやろと思ったんだけど、」

と、架空のおばの話なんかを織り交ぜながら話をし、ＩＣＯは友達の気分を盛り上げていった。ＩＣＯには架空の親戚や友達をつくる癖がある。ＩＣＯの話しぶりにのせられて友達はネットに上げないのであれば、撮ってみるのもいいかなと言い出した。

すかさずiPhone12でアプリを起動して、TikTok撮影する音楽を友達に選ばせる。iPhone12のディスプレイにインカメラを通した自分たちが映る。カウントダウンが始まって、友達に説明しながらTikTok動画を撮影する。アプリが自動的にコマを省略し、少しかくかくした面白みのある動画ができあがる。ICOが友達に説明したように自動的に加工も入り、ダンス素人の友達でもそれなりにリズムに乗って踊れているように見える。

音楽にのって体を動かす自分のTikTok動画を友達は目を輝かせてみている。その隣でICOもまたその動画に集中している。ICOは友達の体を確認しているのだった。特に念入りに確認しているのは胸部の辺りだ。ICOと友達は概ね同じ背格好で、似た雰囲気だった。コマが落とされ、加工が入ったなら私たちを知っている人でも、見分けることはむずかしいのではないか。まして、顔を隠していたなら、同じ人間に見えるのではないか?

ICOはその友達が自分の身代わりになれるかどうかを確認しているのだ。TikTokから自分が足を洗った後に、こっそりTikTokアカウントを彼女に引き継ぐことができそうかどうかを。

＊

ＩＣＯはベッドで寝ころんで、iPhone12のディスプレイを眺めている。映し出されているのは友達と撮ったTikTokの未だアップしていない動画だ。リズムに合わせて動く体の、特に胸部の動き。それからノースリーブから伸びる腕や、スカートからのぞく脚に余計な黒子《ほくろ》がないかどうか。

右腕の肘の裏側に少し大きめの黒子があることは知っている。そもそも、ＩＣＯがその友達に目を付けたのは、自分と同じ位置に黒子があることを知ったからだった。同じ講義の休み時間にたまたま2人とも腕が出るタイプの服装をしていたときに、その話になった。ほんとうだね、偶然だね、と言いながらＩＣＯはかねてから考えていたものの、まず無理だろうと考えていたアカウントの引き継ぎを具体的に考え始めたのだった。

個人を特定する場合インターネットでは、耳の形や、歯並び、それから黒子の位置が手掛かりにされることが多い。ＩＣＯは顔出しをしていないから、一番目立つ黒子が同じ位置にあったならば、中身が入れ替わっていても気づかれることはないのでは、と思った。そう思いついた途端、それまで空想に過ぎなかったアイデアがにわかに現実味を帯びて来た。それから体つきや肌質なども検証し、その友達は自分に非常に近い外見をしていると思うようになった。顔はあまり似ていなかったから、それまで自分と彼女が似ているなんて、考えたこともなかったが、顔以外で考えると二代目をやってもらうには適任であるように思えた。

とはいえ、説得は必要だろう。どれだけこのアカウントが収益を生み出すのか、顔出しをしていないから身元がばれるリスクは少ないことを説明し、お互いの取り分について話し合う。それから動画の撮り方や編集方法についても教えてあげるべきだろう。フォロワーがいくらいようが、閲覧が減ってしまえば元も子もない。そう考えると、友達が引き継いでくれることになったとしても、しばらくは手取り足取り教えてあげる必要がある。案件動画を持ってくる業者とのやりとりにも、しばらく私も同席した方がいいかもしれない。最初は大変かもしれないが、うまく自立してくれたなら、労せずに収益を得続けることができるし、ＩＣＯ自身の身バレリスクも減る、――はずだ。

ＩＣＯは寝ころんだまま小さく首を傾《かし》げる。アカウントを引き継ぐことがうまくいったとして、そのこと自体が新たなリスクを生むことはないだろうか？　彼女の中に浮かんだ懸念。例えば友達が自分よりも身バレに対して無頓着で、バレたならバレたで構わないと考えていたら？　ＳＮＳは匿名のインスタグラムしか友達はやっていなくて、インスタグラムの投稿内容も身バレを防ごうと最低限の気配りをしていて、そこもＩＣＯが気に入っているところではある。けれど、身バレ対策はあくまでも最低限のものに過ぎず、顔こそ映っていないものの、キャンパス内の建物が映り込んだ彼女のエントリから通う大学を割り出すのは容易なことだった。友達のエントリをつぶさに観察したならば、さらに彼女が何年生で、どの学部にいるかといった詳細を割り出すのも、そう難しいことではないかもしれない。もし、引き継ぎを了承してもらえるのなら、身バレについての危機意識のレベルをもっと引き上げてもらう必要がある。

いや、そもそも引き継ぎを打診すること自体にだってリスクはある。打診するにあたっては、趣旨を説明する必要があるけれど、説明し終わったところで、もし断られたら？　その友達が、ＩＣＯが TikToker であるということを黙っていてくれる保証なんてどこにもない。

ピンポーン、と電子的な呼び出し音。

ウーバーイーツが到着したようだ。マンションの入口のオートロックを解除し、しばらく経ってから再びインターフォンが鳴る。

ＩＣＯは玄関に向かう。ドアを開ける間際、ビニール袋が視界に入り、またも昼に頼んだウーバーイーツを開いていないことを思いだした。近頃ほとんど外に出ていないからか、昼にお腹が空かないことが多い。それでもつい頼んでしまう。

　前のウーバーイーツ配達員とは違って、30代後半くらいに見えるおじさん配達員は、下駄箱の上の手をつけていないビニール袋に目もくれなかった。ドアを開けると、持ち手の部分を根元できゅっと結んで兎の耳みたいになっているビニール袋をぐっと突き出してくる。それと同時におそらくはシャツに染み込んだ汗の匂いが鼻をついた。

　ああ、そっち系の配達員かとＩＣＯは判断し、袋を受け取るとすぐに、ありがとうございますと小さく礼を言って扉を閉めた。どういう理由で配達員をやっているのかＩＣＯは知らないし知りたいとも思わないけれど、基本的にＩＣＯはウーバーイーツの配達員を見下している。しかし、だからこそ丁寧な対応を心掛けてもいる。こないだ、昔有名だったらしいコピーライターの何とかさんが、だらしない服装で、サンダル履きで自転車を漕ぐ配達員を揶揄《やゆ》する呟きをTwitter上にあげた。そのTweetが炎上したことがニュースになっていたことをＩＣＯは思い出す。あんまり詳しくは知らないけれど、その元有名コピーライターの人は、有名だっただけはあって、きっとそれなりに裕福なんだろうから、Twitter民から上級国民と揶揄されて、「上級国民が下級民であるウーバーイーツ配達員の服装をああだこうだ言うな」、「運んでもらっているだけありがたいと思え」、という論調になっていたな、たしか。あんまり興味がわかなくてそのウェブニュースも最後まで読んでいないから憶測交じりになってしまうけれど、でもそのなんとかさんはそんなに悪いわけでもない、とＩＣＯは思う。ただ素直に、そっち系の配達員をみかけ、それに対しての不快感を表しただけだ。たしかにウーバーイーツ配達員には時々、汗の匂いがひどい人が混ざってる。上級国民とみられる人が、「Twitterなんていう公の場で、そんなことを言うのは間抜けというか迂闊《うかつ》だとは思うけれど、私はやっぱりなんとかさんの言っていることは一理も二理もあると思ってしまう。なぜなら、私もそのなんとかさんと同じでウーバーイーツ配達員のことを見下しているから。

ＩＣＯは、その存在を見下している配達員が配達してきたものをダイニングテーブルで食べ、運ばれてきたビニール袋に空の容器を入れてきつく結ぶ。そしてウーバーイーツの空容器で溢れたゴミ箱のあたりに置いた。最初の数個まではゴミ箱の中に納まっていたが、そこからは入りきらず容器を重ねるような格好になっている。圧縮すればゴミ箱にももう少し入るはずだが、それをやる気力がわかない。

気力がわかないＩＣＯは、過去の屈辱を思い出す。屈辱的な恋愛についてだ。いや、あれは恋愛とは呼べないかもしれない。あれは、その形をした搾取だ。

あれは、ＩＣＯがTikTokerになる前のことだった。大学2年生だったＩＣＯは飲み会で私立大学に通うエリート大学生と出会った。彼は既に一部上場企業の内定を得た4年生だった。いわゆる「塩顔マッシュ」と呼ばれる今風のルックスをした彼は、その飲み会で、自然な感じでＩＣＯの近くに座り、優し気な顔で「女の子があんまり夜更かししたら駄目だよ」「お酒も飲み過ぎたらだめだからね」などと優し気なことを言いながら、連絡先を交換した。それから、優し気に2人での食事に誘われたＩＣＯは、誘われるがままにそのエリート大学生の部屋に行った。その後もしばらくは優し気だった彼だが、段々と素の自分をあらわにするようになる。彼が、あまり優し気でない素の部分を出すのはＩＣＯの前でだけのように思えた。そのことを当時のＩＣＯは嬉しく思った。

そのエリート大学生は、一人暮らしをしていた。実家までは、1時間半程度と大学に通えない距離ではなかったが、経済的な余裕のある親は一人暮らしをしたいという彼のわがままを許した。彼は、時々親から借りたベンツにＩＣＯを乗せた。ハンドルを握ると性格が変わる人がいるというのを、漫画やアニメなどのフィクションでみたことがあったICOだったが、実際にそんな変化を目《ま》の当たりにしたのは初めてだった。しかし、今にして思えばあれは性格が変わるというわけではない、とICOは思う。ただ本性が出ていただけのことだ。

「あのおっさんさ、轢《ひ》いてもいいよな。社会になんの益もないし。むしろポイント付くんじゃゃね？」

ハンドルを握る彼のあまりにひどい言葉に、ICOは思わず笑ってしまった。彼が轢いてもいいかな、とさした相手は、ふらつきながら自転車に乗る高齢男性だった。ふらついているだけではなく、スピードも遅かった。そのくせ車道に大きくはみだしていて、抜くに抜けない。法律上は原則として自転車は車道を走るべしとなっているにせよ、ドライバーにとってみれば迷惑な話だった。しかしだからといって、もちろん轢いていいわけではないし、シューティングゲームじゃないのだから、轢いたところでポイントだって付かない。彼にだってそんなことはわかっている。わかった上で、一種のユーモアとして言っている。ユーモアだということはICOにもわかっている。

エリート大学生は、ハンドルを握っていない時にも彼女に本性を垣間見せるようになっていった。優し気だったのはあくまで表面上のことであり、それだけ徹底的に表面を取り繕えるのは、高い特権意識と、相反するようだが自分はそこまで優秀ではないというコンプレックスとが絡まりあって出来上がった、自尊心とは似て非なる何かのためだった。

彼が見下すのは、ふらつきながら自転車に乗る高齢男性だけではなかった。頭髪が薄くなっている男性のことも見下していたし、見た目の麗《うるわ》しくない人間もまた男女問わず見下していた。自分が通うのより偏差値の高い大学に浪人を経て通う人間を見下し、偏差値60以上の大学に通っておきながら一部上場企業から内定を獲得できない同級生を見下していた。ICOはいつも彼の側に立ち、彼が見下すものを共に見下した。しかしその内に、ICOは気づいてしまった。彼にとっては、ICOもまた見下す対象であるのだと。

彼は表面的には優し気な自分になびく女を見下している。そのことに否応なく気づく出来事に彼女は遭遇した。彼が見下しつつも必要としている、彼と寝たくてしょうがない女の一人と、ICOは彼の部屋で鉢合わせしたのだった。その時、全てを見下す者としての彼の視点から、約束もしていなかったのに彼の部屋に来た自分の姿、その滑稽さがはっきりと見て取れた。まるで高いところから見るようにはっきりと。

それがきっかけになって、ICOは彼からは離れたものの、同化して内面化してしまった彼の視点は彼女の中にまだ残っている。

ウーバーイーツ配達員のくせに、
ウーバーイーツ配達員のくせに、
ウーバーイーツ配達員のくせに！

友達を部屋に呼んだ日にウーバーイーツを運んできた若い配達員の残した視線が、なぜか頭から去らない。それはエリート大学生の男の目と彼のそれとが似ていたからかもしれない、とＩＣＯは思いつくが、すぐに、いや全然似てなんかいない、と否定する。

似ていたとしても、それは外見上のことだ。あのウーバーイーツ配達員には脅えのようなものがなかった。自分の発する言葉や放つ視線、それの下支えになるはずの自分の足場をどこか信じ切れていない寄る辺なさがあの配達員からは感じられなかった。それに、あれは見下しているわけではない。あれは、どちらかというと、哀れむような、あきれるような表情だった。けれど、なんだって私が、ウーバーイーツ配達員に哀れまれなければならないのか？

ウーバーイーツ配達員のくせに、
ウーバーイーツ配達員のくせに、
ウーバーイーツ配達員のくせに！

ＩＣＯは夜中もウーバーイーツを頼む。頼んだのは、ブロッコリーと鶏胸肉がセットになった配達用のメニュー。

インターフォンが鳴り、ＩＣＯはマンションの入口の映像を映すディスプレイに目をやる。胸に無視してしまえるほどに小さな痛みが走った。けれどＩＣＯはそれを無視しない。自分ではあまり意識していなかったけれど、彼女は生意気な目をしたこの配達員に再び会うためにウーバーイーツを頼み続けていたのだった。

また呼び鈴が鳴って、ＩＣＯはサンダルをひっかけドアを開ける。

「ウーバーイーツです」

いつもの呪文、そして男の視線がまた下駄箱の上を走った。そこにはあえてそのままにしているウーバーイーツで配達された食べものがあった。

「何？」

とＩＣＯは威圧的に言う。男は、反応しない。けれど、少し驚いているようではあった。たじろぎの空気がＩＣＯには伝わってきた。

「なんか、文句あるの？」

　ＩＣＯは重ねて言う。

「文句？」

「別に私の勝手でしょ。私のお金で頼んだものを食べようが残そうが、誰かにとやかく言われる筋合いなんてない」

　ウーバーイーツ配達員が自分にとやかく言っているわけではない。というより何も言っていない。そのことはちゃんとＩＣＯも認識している。わかっているのだけれど、なぜだか言葉を止めることができなかった。これまでウーバーイーツ配達員を少しでも不審に感じたら必ず通報してきたＩＣＯだが、今回ばかりは不審なのは自分だとわかっている。けれど、どうしても勝手に動く口を止められないのだった。

「それにさ、君が思っているようなことでお金を稼いでいるわけじゃないからね。ちゃんとまっとうで合法的なことで、自分で稼いでいるんだから。君は誤解しているでしょ？　中年のおっさんとデートしたりとか、それ以上のことをしたりして金を巻き上げているとか、そんな風に思っているでしょ？　全然違うから。私は自分の力で、自分の能力で稼いでるの。だから、自分で頼んでも食べたくなくなったものは食べないし、残すの」

ウーバーイーツ配達員の表情に少し感情が走ったことがＩＣＯには見て取れる。やれやれと、ため息交じりの声が聞こえて来そうな困惑した表情。露骨に迷惑そうな顔をしただけでもＩＣＯにとっては許しがたいものなのに、あろうことか彼はそのまま踵《きびず》を返し、去ろうとしている。

そのウーバーイーツ配達員の肩を、彼女は摑んだ。

「ちょっと。まだ話し終わっていないんだけど」

彼は振り向かずに自分の肩にかかったＩＣＯの手に自身の手を重ねる。剝がそうとするのかなとＩＣＯは思ったが、それ以上力が加えられることなく、ただ手を添えただけだった。

「酔ってますね」

確かにＩＣＯは酔っていた。近頃では TikTok の撮影を始めようとする気力がなかなかわかず、それどころか朝ベッドから起き上がる気力もわかず、アルコールの力を借りて、何とか起き上がることができた。TikTok を撮影しない日でも朝から酒を呑むのが半ば習慣化していた。

「悪い？」

「体には」

ほとんど泥酔した状態のＩＣＯは彼の言葉に感情が大きく揺らいだ。なぜかとても重要な人に見捨てられそうになっている気がした。その感情は例えば、母親から「大学浪人も地元以外の大学に通わせることもできない」と告げられた時の感情に共通するものがあった。母親は、地元の国立大学なら進学にまつわる費用を工面できるが、それ以上はできないとＩＣＯに言ったのだった。他のところに行きたいなら自分でなんとかしてほしい、そう言い放った母親は人の愛し方を知らないのだと、彼女は思っていた。少なくとも私のことは愛していないのだと思った。自分で何とかするということが何を意味するのかわかっていないはずはないのに。

いや、それともそれすら彼女にはわからないのだろうか？　その可能性もゼロではないかもしれなかった。自分より上の階層の生き方を母は想像できないし、考えたくもない。ＩＣＯの望む「普通の上位」の生活は彼女の想像の範囲外にあって、そこにＩＣＯの手が届くのであれば、なにか魔法的な在り方でそれが叶うだろうと母は思っていたのかもしれなかった。けれど、現実的に言えばＩＣＯは高校時代にアルバイトに明け暮れて、受験料と差額の学費の一年分を何とか捻出するしかなかった。資金には限りがあったから受ける大学は絞らざるを得なかったし、そもそも勉強時間も限られていた。全部お膳立てを親にしてもらっておきながら、やる気がしねーとかほざいている同級生は、彼女にとっては憎悪の対象だった。大学生になってもそんなスタンスの延長で学校に通う者はとても多く、彼らの生活を目の当たりにする度に、ＩＣＯは怒った。いちいち顔には出さないし、指摘もしないが、上京してから彼女から怒りが去ったことはなかった。

この生活を得るために、自分がどれだけ苦労してきたか。どれだけの屈辱を乗り越えて来たか、誰もわかっていない、わかろうとすらしてくれない。

ＩＣＯは、その場で泣き崩れる。ウーバーイーツ配達員はたじろぎつつもその場を離れることができない。

＊

ＩＣＯは孤独である。

と同時に孤独ではない。

なぜなら——

なぜなら、ＩＣＯは2人いるから。ＩＣＯと同じクラスに別のＩＣＯがいる。ＩＣ

Oとは似ても似つかない、けれどよく知らない人にとってはとても似通っているかもしれない2人のＩＣＯ。

2人のＩＣＯの共通点。

まず2人ともとても美しい。十人並みの美しさを越えて、道行く人の目をとめさせる美しさを備えている。実際に、繁華街を歩くと、男性の半分以上が彼女たちの美貌に思わず足を止めて振り返る。女性でさえ振り返る者もあった。

それから2人のＩＣＯとも、とても身なりがよかった。品質の良い生地、最新ではあるものの簡単には古びないデザイン。我々のよく知るＩＣＯはどちらかといえば冒険的なファッションを好み、もう一人のＩＣＯはどちらかといえばコンサバティブなそれを好んだ。けれどどちらも高級であることには変わりはない。ファッションの知識がまるでない人ですら、見るだけでそのことがわかる。

しかし、2人のＩＣＯがその服を調達するための資金の出所は全く違っていた。我々のよく知るＩＣＯは自分自身で調達した金でそれを購入したが、もう一人のＩＣＯは資金を親が用意した。

我々のよく知るＩＣＯはもう一人のＩＣＯを妬ましく思っていた。自分の手を汚さずとも、自分が欲するものが手に入る彼女のことを。いや、欲してすらいないのかもしれないし、必要とすらしていないのかもしれない。ただ、相応《ふさわ》しいものが与えられているだけの事、それは世の物事をおしなべて眺めれば何も難しいことはないのかもしれないが、我々のよく知るＩＣＯにとっては難しいものだ。ＩＣＯほどの美貌に生まれたなら、親の自然な感情として相応しいものを与えようとするのがむしろ普通なのかもしれないから。

我々のよく知るＩＣＯは資金の出所を誰にも言わなかったため、もう一人のＩＣＯと同様に資産家の娘だと周囲からは思われていた。その誤解をＩＣＯもあえて解こうとはしなかったし、もっといえば、誤解を誘発するような振る舞いをし続けた。２人のＩＣＯのどちらかがクラスでは一番の美貌を有しているだろうと、誰もが目していた。けれど、実際のところナンバーワンがどちらなのかという話になると、意見が分かれた。ちょうど半々に。しかし当の我々のよく知るＩＣＯは、もう一人のＩＣＯこそナンバーワンに相応しいと思っていた。

我々のよく知るＩＣＯはもう一人のＩＣＯになりたかった。風でも纏《まと》うみたいに、息をするみたいに自然に、高級な服に身を包むＩＣＯ。いや、ＩＣＯなら高級かどうかすら本当は関係ない。ＩＣＯが身に纏ったものは逆にＩＣＯの高貴さを纏うことになるだろう。その思いは屈辱を味わった後、たまたま会話を交わすことによってより強くなった。

我々のよく知るＩＣＯは母親の言う通り東京での生活を「自分で何とかするため」に危ない橋を渡り続けていた。上京からほどなくして、生活圏からは極力遠い街のキャバクラで働き始めたものの、自分の求める、自分に相応しいだけの資金が稼げない日々が続いていた。待合スペースで同僚に生活の不安や不満を話し続けていると、良い仕事があるとその同僚に提案された。それは金持ちの中年男性と食事をしたり、カラオケに行ったりして、時間をともにすることでギャラを貰《もら》えるという仕事だった。

「それ以上はやんなくていいの？」

ＩＣＯが聞くと、それまでこの世には楽しいことしかない、というような明るい顔をしていた同僚の顔からすっと表情が抜けた。

「そんなの自分次第だよ。やってる子もいるとは思うけど、やりたくなかったら断わっちゃえばいいから」

結局ＩＣＯは、彼女から金持ち中年男性を斡旋《あっせん》してくれる胴元を紹介してもらうことになった。紹介といってもＬＩＮＥで繋がるだけだ。その胴元の女性もまだ大学生だという話だが、彼女と繋がって以降、ＩＣＯは次々と金持ち中年男性を紹介されることになった。どこで捕まえてくるのかわからないが、仕事のネタは無尽蔵に見えた。

世の中は女子大生と過ごしたい金持ちの中年男性で溢れているようだった。ＩＣＯは紹介される中年男性におっかなびっくり会ってみて、実際に食事を共にするだけで、これまでの半日の労働対価よりも多い金額を得た。単に食事を共にする以上の関係を要求してくる中年男性もいるにはいたが、ＩＣＯは伸びて来た薄汚い手を払いのけ続けた。「自分で何とかする」ための極めて限定的な選択肢の中で彼女はうまく立ち回っていた。少なくとも自分ではそう思っていた。

バランスを欠き始めたのは、エリート大学生と付き合うようになってからだった。普段忙しくしている彼がＩＣＯに声を掛けるのは急なことが多く、求めにできるだけ応じたいＩＣＯは、夜の時間帯の仕事を入れるのを控えるようになった。金持ちの中年男性は昼でも時間的に自由な人も少なくなく、彼らから提供される金だけで生活を回す分には問題ない目算だった。

昼と夜、両方の時間をうまく組み立てられているつもりだったが、相手の都合でいくつか仕事が飛ぶと、計算が狂ってきた。腹にたまる内臓脂肪のように知恵と経験を身に着けた後、健康のために脂肪だけをそぎ落とす狡猾な中年男性は、彼女が弱っていることにすぐに気付く。そして、耳当たりのよい提案をする。君は何も失うことがないし、ただもう少しだけ仲良くするだけで、いつもの何倍も助けてあげることができるし、この先困ったことがあればその時も助けてあげることができる、プライベートにはお互いに深入りもしない、君は何も失うことはない、誰も失うことがない、そこに悲しみは生まれない、ただ、喜びが増えるだけのことだ。


うっさい、エロじじい！

気持ち悪いんじゃボケ！

二度と連絡してくるんじゃねえよハゲ！

そう言って私はバッグでそのおっさんの横ツラをはたき、わき腹に蹴りをいれた。情けない格好をした、情けなく腹の出たおっさんは、ああ、と情けない声を出した。私は、さっき手渡された札束を、いるか、こんなもん、と叫びながらそのおっさんにぶつけ、最後にもう一度蹴りを入れた。

「このハゲが！」

ともう一回おっさんに言った。ノブくんの言う通りだ、薄汚いおっさんが薄汚いのはおっさんのせいで、頭がハゲなのも前世で悪いことをしたからなんだ、前世で悪いことをした人は、その罰として、ハゲたり、頭が悪く生まれついて、だからハゲとか低学歴はどれだけないがしろにしてもいいんだ、法が許せば、ベンツで轢いてしまったっていいんだ。
しっかし、危ないところだった、あのハゲおやじの甘い言葉にもう少しで——
薄汚い手で私に触れてんじゃねぇよ。
早くノブくんのところに行こう、ノブくんのところに帰ろう。
こんなところにいる私は間違っているから。
ハゲのくせに！
ハゲのくせに！
ハゲのくせに！

ＩＣＯは中年男性との性行為の最中、そんな痛快な場面を思い描いていた。映画や漫画なんかでよく見る場面だ。手籠《てご》めにされそうになった女性が土壇場で踏みとどまって反撃する。でもあんなの嘘っぱちだとＩＣＯは思う。お金なのか、流れなのか、恐怖なのかはわからないけれど、何かの力におされて不本意に男を受け入れてしまった女たちの、そうであったかもしれない自分、そうありたかった自分への思いが形になってあらわれているだけだ。ＩＣＯは明確に言語化できてはいないものの、おおむねそんなことを思っていた。

ＩＣＯはホテルを出た後、エリート大学生の住むマンションへと向かった。約束はしていなかったけれど、しょげた自分を彼は優しく受け止めてくれるだろう。そして、彼の体で自分はリセットされるだろう。

しかし現実はＩＣＯの予想通りには運ばなかった。彼を驚かせようと隠し場所から鍵を取り出して、中に入ったマンションには別の女がおり、それを見たＩＣＯは絶句し、逃げだした。彼女は空想の中で薄毛の中年男性を張り倒したように、バッグを振り回す。しかしそれは薄毛の男性に対してではなく、電信柱にだった。バッグの革が傷み、金属製のチャームが曲がった。

チャームの曲がったバッグを彼女は出かける時にいつも見える位置に置いている。それは戒めのためだった。頼れるのは自分だけであること、隙あらば誰もが誰もを見下し、誰もが誰もを利用しようとしていることを忘れないために。そうでないふりをして近づいて来る人がいても決して信じないために。

玄関でウーバーイーツ配達員の前で泣くＩＣＯの視界にそのバッグが入る。ふっと頭の中で声が蘇る。それは、もう一人のＩＣＯの声だ。ＩＣＯの気持ちが少し落ち着いてくる。

肩を震わせ、痙攣《けいれん》し、涙を流すＩＣＯの脇で、なすすべもなく立ち尽くしていたウーバーイーツ配達員は、ＩＣＯの様子が少し落ち着いてきたことを感じて、安堵したようだった。それでもこの場を立ち去って良いかどうか判断できず、彼は動けないでいる。彼はじっとＩＣＯを見た。その視線はやはりＩＣＯの癪《しゃく》にさわるものだ。一度はおさまりかけた感情の昂りが再び彼女を襲った。ウーバーイーツ配達員のくせに、と心の中で再び毒づいているが、さっきまでの勢いはない。

「もう、大丈夫ですか？」

彼の言葉にＩＣＯは細かく頷くことしかできない。

「ごめんなさい」

ＩＣＯは無意識の内に謝っていた。咄嗟《とっさ》のことだったが、なんについて謝っているかＩＣＯにはわからなかった。泥酔した自分の激情に巻き込んでしまったことだろうか？　それとも度々《たびたび》運んでもらった食べ物を残していたことだろうか。わからない。でもなぜか彼に謝らなければいけない気がして、衝動的に言葉が口をついて出たのだった。もしかしたら、自然と彼を見下していたことを謝ろうとしていたのかもしれない、と思いつき、と同時にまた、ごめんなさい、と謝罪の言葉が口をついて出た。無意識に出た言葉にＩＣＯが思わず口を押さえる。

ウーバーイーツ配達員は、立ち去ろうとして半身《はんみ》になっていた体をひねって、彼女の正面に向きなおった。彼は、しばらく何も言わず、じっとＩＣＯを見つめた。

「何を、謝っているの？」

彼の言葉に、ＩＣＯの胸に小さいが鋭い痛みが走った。一番聞かれたくない質問だと思った。

「僕を下に見て馬鹿にしてること？」

ＩＣＯの思考が止まる。風景も止まる。止まった風景の中で、彼が口を動かす。

「別に気にすることないよ。そういう人は一定数いますから。僕はもう慣れているし、そういうのが的外れだということを知っているんで」

そう言うと彼は、ウーバーイーツの巨大な四角なバッグを背負って、「じゃ、もう大丈夫なら」と言って去っていった。あ、と小さく声が漏れる。その素早い動きに彼女は引き留めることもできなかった。

引き留める？　自分のしようとしたことに、自分で疑問を投げかける。引き留めてどうするっていうんだろう？　なぜ、この私が、あんなウーバーイーツ配達員を引き留める必要がある？　あれ以上何の言葉を交わす必要があった？　頭の中の自分が彼女を諌《いさ》めて来るが、それとは裏腹な感情が湧いている。彼女は、彼を引き留め、もっと聞きたいことがあった。けれど、具体的に何を聞こうとしていたのかは自分でもわからない。

一人取り残された玄関にたたずむＩＣＯの目には、またチャームの曲がったバッグが見える。頭の中で声がする。

もう一人のＩＣＯの声。


「それ、すごくいい感じのバッグだね」

「そう？」

「うん、もともといいなぁと思っていたんだけど、こないだから、その飾りのとこが曲がっているよね。その曲がり方がかっこいいなと思っててさ。バッグでも靴でも服でもなんでもそうだけどさ、結局は大量に作っている工業製品だから、なんか味気ないと思っちゃうんだよね。だから、そのバッグとても素敵だなと思ってて。ね、これ見て？　私の iPhone。これね、昔落としちゃったんだけど、画面の割れ方が綺麗でさ」

そう言って見せられた iPhone11 のディスプレイには確かに罅《ひび》が入っていた。表面がぽろぽろと崩れるような割れ方ではなくて、割れた部分の表面を手でなぞってもガラスは滑らかな感触のままだった。まるでガラス工芸の高度な技法のあらわれみたいに、鋳は滑らかな曲線を描き、幾重にもあわさっている。その曲線たちは蝶の翅《はね》のような鮮やかな文様を作っている。あるいは、妖精の翅のような。

「これ気に入っているんだよね。狙ってもなかなかこんな風にできないと思う。もう機種変時期来ているんだけど、使えなくなるまで使うつもり。あなたのバッグのそれもとてもいいと思うな」

＊

チャームの曲がったバッグを持って、ＩＣＯは学校に向かう。どういうわけか、ウーバーイーツ配達員の前で泣いて以降、外出ができるようになっていた。そうなってから気づいたが、彼女はあの頃家の外に出ることに苦痛を感じていたのだった。

駅へと向かう途中、繁華なエリアに急に大きな公園が顔を出す。鉄網の中の広場では子供たちが遊び、外側には自分と変わらない年齢の男女がたむろしていた。公園の外側には自転車に巨大な四角なバッグを載せて缶コーヒーを飲んだり、コンクリートブロックの上で座って休んだりするウーバーイーツ配達員の姿がぽつぽつ見えた。ＩＣＯはなんとなく、ウーバーイーツ配達員の顔を横目で見ながら駅へと進む。

ある配達員と目があった。思わず、ＩＣＯは足を止める。向こうも気づいたみたいで、じっとこちらを見ている。

ＩＣＯは彼に近づいていった。彼はＩＣＯから目を逸らさなかった。近くで見つめ合うような格好になったが、長い間、といっても5秒ほどに過ぎないが、そのまま何も言わず2人は対面し続けた。

「こないだの人」

口を開いたのは男の方だった。

ＩＣＯは頷いた。そして、

「見下してなんていませんから」と言った。

彼は笑った。

「いいんだよ。別に見下しても。そういうことじゃないから」

「何がですか?」

「ん?」

「何が、そういうことじゃないんですか?」

「俺にとってはどうでもいいってこと」

「でも末端じゃないですか?」

「末端？」
「そう、資本主義社会の末端で、資本家にいいように使われている一番端っこの人。単に体を動かして、体で稼いでるだけの人」

——そして、どれだけ頑張っても末端には何も残らない。

その台詞は以前、エリート大学生が彼女に語ったことだった。彼の言っていたことが、ＩＣＯの口をついて出る。「末端に行けば行くほど、搾り取られるんですよ。もうどれだけ絞っても雫《しずく》一滴垂れてこないくらいに徹底的にからからになるまで。連帯とかやりがいとかで目くらましされて、横道に逸れていく馬鹿をしり目にして、頭のいい人たちは、エリートたちは、真ん中の方へ、システムと一体になったお金の方へ、力ある方へと向かうんです。搾り取る側に何とか回ろうとして。あなたは末端で、それもその最たる例だと思います」

ＩＣＯの頭の中で、違う違う違う、と別の自分の声が響いていた。私はこんなことを言いたかったわけではない。ちゃんとお礼が言いたかっただけなのに、現に口から出る私の言葉は、それとは正反対のことだ。いや、それも違う。これは、私の、言、葉で、すらない。

ウーバーイーツ配達員は、ICOの台詞をちゃんと聞いているのかいないのか、彼女が話し終わると、表情を変えずに少しだけ首を傾げた。

「そういうこっちゃないんだよな」

「でも、」

「いや、でも本当にそういうこっちゃないんだよ。俺は使われているわけじゃない。使っているわけでもない。ただ、今あるようにあるだけなんだ。そして、昨日よりもよくなっている」

よくなっている？　この人は何を言っているんだろう？　そんなわけない、ただいたずらにシステムに時間を吸い取られて、若さを吸い取られて、二束三文の金を放り投げられているだけだ。

「例えばね、昨日の自分に比べて、この辺の道に詳しいし、空を見ればどう天気が変わっていくのかわかる。筋肉も随分ついた。きっと配達員をやめても俺は生きていける。その確率が昨日よりも少し上がっている。俺もどこかでこの仕事をやめる時がくるかもしれないけど、それは大きな問題じゃないんだ。この方向で積み重ねていけば、その内に俺は国がなくてもやっていける自分を得る。国がなくなっても、配達的なものは続くからね」

淀《よど》みなく話す男の言葉にＩＣＯはおされている自分を感じる。

「だから、末端とか、システムとか、そういうこっちゃねぇんだよ」

男のiPhoneが振動して、彼はそこに目を落とす。

「ごめん仕事だ」

そう呟いて、自転車にまたがって去っていく。

遠ざかっていく彼の背中を見送って、ＩＣＯは自分のiPhone12を開いた。そしてしばらく触っていなかったTikTokを起動した。結局友達にTikTokのアカウントを譲ることには二の足を踏んだまま、といって自分で更新を続ける気力もわかない日々が続いていた。あれだけ熱中し、うまく稼いでいるつもりだったＩＣＯだったが、結局自分がやっていることもシステムに使われる末端仕事に過ぎないのだと気づき、以来、急速にモチベーションを失っていた。

そういうこっちゃねぇんだよ、とＩＣＯは呟く。それからTikTokを操作する。そのアカウントの名前を改めて見る。

ＩＣＯ

顔のない、匿名的な、アイコンとしての女子大生。愚痴動画では、そう深刻でもないことがらを愛嬌たっぷりに話し、メインの動画では若い肢体をゆする。ＩＣＯにとっては自分の声と体だけれど、公平に見て魅力的だとわかっている。それはきっとひいき目ではない。だが、これは演じられた自分だ。システムの末端に結わえつけられた、もっとも効率よく稼働する末端として作られた虚構。しかし、それと同時に確かに自分自身でもあるのだった。若さを謳歌し生命力にあふれたアイコンとしての女子大生。

いつまでもこんな風に、私の浮ついた部分だけが、年齢も重ねず、いつまでもはつらつとして、踊り続けられればいいのに。私から切り離されて。いつまでも。

そう考えるＩＣＯの頭の中にはもう一人のＩＣＯの顔が浮かんでいる。そうだ、もしかしたらあの子となら、上手くいくかもしれない、割れたガラスの模様が綺麗だと言って、私の曲がったバッグのチャームをかっこいいと言ってくれたあの子となら、2人で話し合って、いつまでも魅力的な私たちを永続させるため、ちゃんと説得してもっと若い子へと引き継いでいく。その子が歳をとったなら、また別の子へとＩＣＯを引き継ぐ。今私たちに宿っている魅力をそのままそうやって続けていく。

そういうこっちゃねぇんだよ。そう呟いて去ったウーバーイーツ配達員。ＩＣＯを引き継いでいくことによって、国がなくなっても自分は大丈夫だと語った彼が行こうとしたのと同じ場所に、いつか私も、私たちも辿り着けるかもしれない。

そこまでＩＣＯは考えて、自分が何を考えているのかわからなくなった。

もう時間だった。

iPhone12を鞄にしまってＩＣＯは歩き出す。その足取りはいつもより軽い。

本人も気づかないほどに、ほんのわずかだけ。

第三章　K＋k

Kは孤独である。
と同時に孤独ではない。
なぜなら――

＊

Kはシティバイクを漕いでいる。
なぜなら――
なぜなら彼はウーバーイーツの配達員だから。いや正確に言えば、彼はウーバーイーツの配達員でもある、と言うべきか。あくまでそれは彼を説明するための一つの要素に過ぎないのだから。

しかし取り急ぎ今彼はウーバーイーツの配達員と説明するのが良いだろう。巨大な四角なバッグを背負って、シティバイクのペダルを漕ぐ彼の右耳にはワイヤレスイヤフォンがささっている。それは彼の iPhone で起動している地図案内アプリの音声を聞き逃さないためでもあるし、また単調な配達作業中の楽しみの〝読書〟のためでもある。

彼は、オーディオブックを片耳で聴きながら、どこかの店から誰かの家へ食べ物を運ぶ、繰り返し運動を続ける。ウーバーイーツ配達員である彼は、日中のほとんどをそんな具合に過ごしている。アメリカのテクノロジー企業である、Uber Technologies, Inc. の開発したプログラムが、同社によって管理されたサーバに設置され、Kの iPhone にインストールされているアプリと連携し、あっちの飲食店に行け、そしてそれを新宿区在住の誰それに持っていけ、持っていったらお疲れ様、ほれやるよと小銭が彼のアカウントにチャージされ、次はあっちその次はあっちと指示が続く。Kに小銭を投げたのは、Uber Technologies, Inc. だけれど、もちろん彼らが身銭を切っているわけではない。食料を提供する飲食店からも、食料を注文した顧客側からも利用料を徴収し、Uber Technologies, Inc. の取り分を差っ引いた残りをウーバーイーツ配達員に提供しているのだ。

21世紀である今、立ち上がるビジネスはテクノロジーが核たる能力《コアコンピタンス》であることが多い。Uber Technologies, Inc. も社名の表す通りそうだった。余剰の資本が熱意ある企業に投資され多くは潰《つい》え、いくつかが事業として回り始める。ライドシェア配車サービスとして企図されたUber Technologies, Inc. は、飲食品の配達中継ぎサービスを始め、それがもう一つの鉱脈となって日本ではそちらの方が売り上げ規模が大きい。

Uber Technologies, Inc. のプログラムが、世界各国のサーバと端末で結び付き、リアルタイムで動いている。何万、何十万の配達員たちが、四角な大きなバッグを背に、自転車を漕いでいる。太陽の放出したエネルギーを植物たちが光合成によってその身に溜めて、それを草食動物が食べ、またそれを肉食動物が食べ、それらをまとめて人間が調理して食べる。人間の内にはウーバーイーツ配達員も混ざっていて、今まさに食べ物を届けようとする何万、何十万人ものウーバーイーツ配達員たちは、もっとも原始的で非効率な変換装置としての肉体でもって、食料を昇華したエネルギーで筋肉を動かすことで、運動エネルギーに変換して食料を運んでいる。Kもその一人だ。

Kは、赤信号で止まり、ガードレールに足をかけて休む。きつい坂道をずっと進んでいたから、ぜえぜえと息があがっている。この坂を登ったのは何度目だろう？ もう何度となく聴いて、内容を覚えてしまっているオーディオブックの音声に気を取られることなく、Kは自分の思考に集中する。

多分この坂を登ったのは10回ぐらいだ。最初は一息で登るのがやっとだった。それがいまや、少し息が乱れる程度、それも、整う時間はどんどん短くなっている。信号が変わるまでにはすっかり整っているはずだ。Kは自分の体の変化を感じ取ると静かな満足を覚えた。自分を囲う枠が明確にイメージされ、それを突き破ることを思い描くことができた。

赤信号で待つ車の先頭は、kとkの母親が乗った自動車だった。このkはKとは別の人間だ。名前の読みこそ同じだが、それはただの偶然だった。kの母親は苛立っている。さっきから信号の度に追いつかれるウーバーイーツ配達員であるKが、運転する彼女からすると邪魔でしょうがないからだ。Kは車道の端を進んでいるから、そう簡単にはぶつからないとはわかっているが、万一のことを考えると大きめに避けなければならず、対向車が大きい場合は速度を緩めてKの漕ぐシティバイクの後ろについて走行しなければならなかった。

ウーバーイーツ配達員なんかに子どもがなったら大変だと彼女は思うが、そんな差別的な感情は表には出していないつもりだ。彼女が自分の差別的な感情を表に出していいのは、そのことをうまく理解できないと彼女が思っている、あるいはそのことを悟られたとしても、全く影響なしと思える相手、つまりは彼女が嘗《な》め切っている相手だけである。たいていの人間に対しては、理知的で分別があり、公平で優しく、それでいて色気を失わない女性であるように映らなければならなかった。

彼女はウーバーイーツ配達員を眺めながら、いつか見た交通事故の光景を思い出していた。あの時、ウーバーイーツ配達員が車と接触をして、道で倒れていた。血は流れてはいなかったけれど、気を失っているみたいだった。きっと急いで配達しようとし、事故をおこしたのだろう。

彼女は信号が赤の間、ガードレールに片足をかけて休むウーバーイーツ配達員を内心では見下しながら、これまでと同様の純然たる見下しができない自分にきづいた。それは、彼女の息子であるkが、私立小学校受験のために通う塾で受けた模試での成績が悪かったからだ。このままの成績推移が続けば、おそらく志望校には受からなそうだった。ただそれだけのことなのに、彼女は彼女にとっての悲惨な息子の将来を勝手に考えてしまう。これだけ費用をかけているにもかかわらず、成績が伸びない息子は根本的に頭の出来が悪いのではないか。その結果として、もしかしたら、最終的にはウーバーイーツ配達のような仕事にしかありつけないのではないか。それは彼女にとっては恐怖だった。

男は金、女は顔。そう彼女は考えている。どれだけ迂遠《うえん》な言い方で取り繕ってみても、それがこの世の実相である。もちろん、簡略化した把握であることを彼女とて理解している。金以外でも、例えば名誉や名声、人望など、男性の魅力として語られるものごとがある。けれど彼女に言わせればそれは、換金されることによってはじめて魅力として完成するものだった。名誉も名声も人望も、金に繋がらなければ本当には魅力的とは言えない。それらは金という男の魅力を補完するだけのものでしかない。名誉だけがあり、金のない男には誰も群がらない。優しさ？　それは、男が保有する金を吐き出すかどうかのパラメーターに過ぎない。

同様に、女は顔である。色気、あるいは性的魅力と言い換えてもいい。理性や思いやり、家柄や気品、それらのものもまた、顔や性的魅力と結びつかないと魅力として完成しない。家柄だけがあり、顔のよくない、性的魅力のない女に誰が花を捧げるものか。

そんな風に考える彼女は、息子であるkを心底心配している。ウーバーイーツ配達員のような、誰でもできる、資本やシステムにいいように使われて搾取されるだけの職にしか就くことができないほどの低能であったとしても、自分はやはりこの子には幸福になって欲しいと彼女は思っている。

彼女は、ゲームデザイナーか何かの人がウーバーイーツ配達員をひどく差別的な言い方でこき下ろしたことが問題になったときのニュースを思い出す。あまり詳しくは知らないけれど、彼が、ＳＭＡＰのメンバーがＣＭに出ていたテレビゲームを作ったことをおぼろげに覚えている。一部のウーバーイーツ配達員がサンダル履きのだらしない不潔な格好で食料を運ぶのはどうなのかと、彼は文句を言ったのだけど、彼女はそれを全然間違っていないと思う。というより、彼女も全く同意見だった。彼女もまたウーバーイーツ配達員を見下していた。けれど、自分の息子であるｋの頭脳がどうやら上位に入らないとわかってきた今、信号が青になり、道路を右に曲がると、ようやくずっと同じ道を走っていた二重の意味で目障りであるウーバーイーツ配達員が視界から消えたことに安堵する。

そんな風に見下されていることも知らず、ウーバーイーツ配達員であるＫは自転車を漕ぐ。食料を運び続ける。プログラムの指示するところにしたがって、西へ東へ、北へ南へ。彼が拠点とする秋葉原の近隣ならどこへでも彼は自転車を漕いでいく。

*

1年が経ち、kとKとが交差したあの坂道を登り切ってももはやKの呼吸は乱れない。太ももの筋肉は二回りも太くなり、心肺機能は2倍ほども強化されている。彼が縄張りとする範囲の道は、自転車が通れるところは全て頭に入っている。その範囲での移動であれば、どのような移動手段を用いてもKほど早く移動できる人間はいない。徒歩より早いのはもちろんだが、自動車に乗っても、二輪車に乗ってでも移動時間においては彼を越えるものはいなかった。交通法を守れば当然のこと、破ってすらも彼にはかなわない。彼より早く移動できる可能性があるのは、空を飛ぶ鴉《からす》くらいのものだが、ルートによっては鴉すらもKにはかなわない。Kにはそのことを確かめるすべはないが、おそらくそうだろうと感じ、静かな喜びを得ている。

iPhoneが振動する。新たな配達依頼が入ったのだ。店の名前を見ただけで、勝手に体が動く。Kが聴くオーディオブックは、フランツ・カフカの『城』から『審判』に変わっていた。『城』は未完成なところが気に入っていた。本文の朗読が終わると、最後に朗読者は、「この原稿はここで終わっている」と付けくわえる。そして、無音になった後に、自分の自転車を漕ぐ音が続くのが好きだった。チェーンが回り、その力でタイヤが回り、ゴムタイヤがアスファルトを踏んづけて進む。新しいアスファルトを踏むときのじじじじじじと鳴る音が、Kはことのほか好きだった。

『審判』は『城』とは違って、はみ出している部分があるところをKは気に入っている。作品は一応は完成しているはずなのだけど、どこに入れるべきなのかはっきりとはわからない箇所をカフカは残していた。本文が終わった後、そのことを朗読者は説明し、あぶれた箇所を朗読していく。宙に浮いた世界がKの頭に浮かぶ。そして『城』と同じように最後にはぷつりと終わる。耳には自転車の駆動音だけが響く。特に今みたいな深夜は、小気味よい。

真夜中を一人進むKの目に、鉄格子に囲われた公園の中に一人で座っている子どもの姿が映った。街灯の灯りに照らされたその男の子は、まるで人形かなにかのように見えた。こんな夜更けに、子どもが一人でいることに違和感を覚えるが、Kはそのまま通り過ぎてしまう。もし仮に店で食料を引き取って、配達先に向かう際にこの道を通ったときまだその男の子が座ったままならば声をかけようとKは考える。成人した一人の人間としてそのくらいの義務はあるだろう。しかし、それ以上の義務はないような気もする。

ｋの母親は、ｋに失望している。Ｋとｋとがたまたますれ違ってからの1年間、ｋは母親の期待に何一つ応えることができなかった。まずは誰もがうらやむ名門校にはすべて落ちた。名門校しか受けないのはどうなんだろうと彼女の夫、つまりｋの父親は指摘したが、母親からすれば、名門校でなければ意味がないとのことだった。そうでないなら教育程度の高い学区の公立校に通った方が良い。

受験の成功を諦めてから、ｋの顔が整っていると思っている母親は子役として芸能活動で頭角を現すのではないかと考え、芸能事務所のオーディションを受けさせた。事務所に所属することには成功し、それから毎週のようにオーディションを受けさせた。あるＣＭでは群衆の一人として採用されたが、他は全く駄目だった。しばらくの間オーディションを受け続けたが、頭角を現すことはなさそうだと母親は判断を下した。

ならばと、幼稚園の年少の頃から始めたピアノに力を入れた。けれど、ｋはその方面でもまったく頭角を現さなかった。教室で習っている子ならだれでも入賞くらいするると言われているコンクールにもひっかからず、後から入って来た幼児にもあっさりと抜かれた。

母親はすぐに何でも判断を下しがちなきらいがある。それは彼女が何よりも無駄のない努力を重んじてきたからでもあった。そうであるからこそ、彼女は今の自分があるのだと思っていた。

等価以上交換。

それが、彼女の信条だった。実際にやったことを、実際の価値よりもわずかでも高く何かと交換すること。それこそが人生をうまく生き抜くコツだと思っていた。男は金、女は顔だと思っている彼女だが、実のところ、実際の顔のレベルよりも良い暮らしをしているのだという実感があった。それは彼女の夫が毎月の生活ではとても使いきれないほどの金を稼いでくるからだし、他でもない彼女がそんな男性をうまく手玉に取ったからだった。彼女の考えによれば、自分たち夫婦で考えるならば、金と顔とが釣り合っていない。それを埋めるのは情愛であって、そのことがすなわち、男は金で女は顔でないことの証明である、と考えてもよさそうなものだが、彼女はそう考えない。あくまで自分は少しずつ等価以上交換を推し進めて来ただけなのだ。ＳＭＡＰだってあんなことになるような時代なのだ、誰にでも突然の意味不明な裁きがおとずれることを忘れずに、抜け目なくうまくやらなければならない。

等価以上交換。

うまく演出し、実際よりも価値を高く思わせる。そして決して必死になってはいけない。自分にとって労力に比して最も効果が高いところで、得られるものをしっかりと手にする。そんな自分のずるを誰かが糾弾したがっているのを感じるけれど、その手は彼女には届かない。

彼女が夫と知り合ったのは、大学生の時だった。友人から誘われた社会人との飲み会で外資系証券会社に勤める夫と知り合った。年齢は5つ上だった。現状の日本社会においては、下手に就職するよりも、稼ぎのよい男と婚姻関係を結んだ方が、経済合理性があるとかねてより彼女は思っていた。彼女は、自分はうまくやっているとずっと思っていた。どうやら、自分が欲するほどには子どもが優秀ではないと感じ始めるまでは。

彼女はいつか何か大きなものに、自分が裁かれるのではないかと感じていた。

等価以上交換をし続けてきたことが気に入らない誰かが、あの女はずるしていると何か大きなものに告げ口をして、糾弾の手がとうとう彼女の肩にかけられて、裁判にかけられる。彼女にとって、大事なものなんてもう子どもしかいないから、そこをつつこうとしている。

そのわけのわからない裁判では、日々裁定が下されて、彼女のずるした分のつけを、全部子どもに押し付けようとしている。ごめんね、ごめんね、ごめんね、お母さんがずるしてきたばっかりにそのしわ寄せが全部あなたにいってしまう。あなたはほんとうはもっと幸せになれたのに、本当はもっとずっと優秀であったはずなのに。

でも彼女にはわかっている。なんだって抜け穴があることを。どんなに精巧に組みあがっているように見えても、全てを監視して、全てを正しく公平に、全てに手を下していくなんて、誰にもできはしないことを。とても大きなものにだってそれはできない。だってそうでしょ？　そうでなければ、どうして、生まれて間もなく殺される子どもや、自爆することを強要される子どもがいるの？　世の中にはどこまでいっても公平なんていう、なまっちょろいもので括《くく》り切れない実相がある。

だからこそ、彼女はいつも自分の一部を差し出す際には、差し出したものよりも価値あるものを、等価以上交換することを求め続けてきた。さもなくばきっと、とても残酷な、残酷であろうとする意識すらないほどにからからに乾いた、砂漠にぽっかりと開いた穴のような場所にはまり込んでしまうから。

＊

kは孤独である。

と同時に孤独ではない。

なぜなら――

なぜなら、彼はウーバーイーツの配達員の漕ぐシティバイクの荷台に乗って、心地よさに没入しているから。

Ｋのシティバイクの荷台に乗っているｋは、Ｋの背中越しに街を眺める。普段車の窓越しに見る風景とは違って見えた。車中からの風景は、どこか遠くに感じられ、例えば窓をあけても、実際に触れられるような感じがしなかった。夜ともなるとなおさらだ。夜の街に浮かぶよく見ると微妙に色調が違った灯りたちは、隔たりの向こうにあり、ディスプレイに映る光景のように思えた。ｋは窓をあけて夜風を顔で受けたい衝動に駆られることがあるのだけど、窓をあけると母親はひどく怒るだろう。夏には虫が入るかもしれず、冬には乾いた冷たい空気が入り込む。街の空気は汚れているし、外に手を出すとケガをする。外の世界はあまりに危険だと母親は思っている。

ｋはＫの腰にしっかりと腕を回している。


少し前のこと、中華料理屋で料理を受け取ったＫが通りかかると、一人でベンチに座っていた子どもであるｋがまだいた。Ｋはｋの真ん前で自転車から降りたつと、しやがんで視線を合わせた。

「君、ひとり?」

kはうなずいた。反射的な行動だった。母親には知らない人から話しかけられても反応してはいけません、と言われていた。

「ママか、パパは?」

kは母親からの言いつけを守れなかったこととともに、急に自分の境遇の実感が迫って、目頭が熱くなる。

「大丈夫、怖くないから。ほら、怖い人じゃないよ。この帽子を見て。ただのウーバーイーツ配達員。見たことあるでしょ、このね、四角い箱で食べ物を店から家へと運ぶ人だよ。ちょうどさっき、お店に食べ物を取りに行こうとした時に君を見かけてさ、それでお腹空かせている人にこの食べ物を運びに行こうとしていたら、まだ君がいたからさ。ひとり? 大丈夫かな? ママやパパはどうしたの?」

「けんかして」とkは答える。なぜか、このウーバーイーツ配達員には素直に答えてもいいと思えた。「それで、忘れてった」

「忘れてったって、何を?」

kはどう答えていいのかわからない。

「ひょっとして、君を？」

Kがkの言うべきことを代弁する。kは細かく頷いた。

「なるほど、君を忘れていったんだね。珍しい話だな。まあ、でもそういうこともあるかもね、パパかママか、どっちでもいいけど、電話番号覚えていたりしないかな。もし覚えていたら、僕がかけてあげる。大切なものを忘れてますよー、って。きっとすぐに迎えに来てくれるから」

kは首を振る。Kにはそれが、電話番号を覚えていないことを伝えようとしてのことなのか、帰りたくないという意思表示なのかわからない。

「覚えてない？」

穏当な方を選んで、Kはkに再び聞いた。

kはうなずく。

「弱ったな。そしたら、おまわりさんを呼ぶからね、ここで一緒に待てる？」

kは首を左右に振る。

「すぐだよ、すぐ。呼んだらおまわりさんすぐに来てくれるから」

kは再び強く首を振る。そこには明確な拒絶の意志が感じられた。もしかしたら警察を呼ぶことを避けたいのかもしれない。事情はよく分からないけれど、とても親が厳格であるとか、あるいは親の稼業の関係で、警察とは極力かかわらないように教え込まれているとか、そういうことだろうか。だとしても前者である確率が高そうだと、Kは思う。しかし、誰かの意志に反してでも、常識だとされている振る舞いを押しとおすことをKはしたくなかった。そうでなければきっとKは今ウーバーイーツ配達員をやっていない。

「警察を呼んでほしくないの？」

Kは念のため、kに確認する。kは小さく頷いて、案の定だと合点したKは別のアプローチを提案することにした。

「じゃあさ、僕の後ろに乗って、君の家へと向かおう。君の記憶を頼りにして。別にあてずっぽうでも構わない。制限時間は1時間。この時計が一回りするまでの間だ。それまでに辿り着けなかったら、近くの警察署に行って相談する。それか、おまわりさんに呼び止められたら、迷子の君を警察署に届けようとしていたんだと話す。その場合もゲームオーバー。どう？」

kは不思議なことを言い出すウーバーイーツのお兄さんに驚く。これまでに会った大人の中で、こんなことを言ってくる人はいなかった。知っている人は自分に課題ばかりを与え、よく知らない人は触れる時でさえもおっかなびっくり手を伸ばしてくる。

kは警察に関わることで、母親が半狂乱になるだろうことを予期していた。だから、おまわりさんを呼んで欲しくなかったのだけれど、目の前のウーバーイーツ配達員は、自分の想いをくみ取って彼にでき得る最大限の歩み寄りをしているのだと感じた。そんな風に明瞭な言語化ができたわけではないけれど、kは大まかな所としてはそう考え、不思議なウーバーイーツ配達員の提案を了承した。する他なかった。

「そうだ。もしかしたら、お腹空いてない？」ウーバーイーツ配達員は、シティバイクの荷台に置いた巨大な四角なバッグをあけて、上から中を覗き込む。「中華は苦手かな？　餃子、レタスチャーハン。唐揚げもあるな。もしよかったら食べる？　え、それは配達のものじゃないかって。まあ、そうなんだけど、君は気にしなくていいよ。そろそろ潮時なのかもしれない、とうっすら思っていたんだ。何かきっかけを待っていたような気がする。ウーバーイーツ配達員を卒業するきっかけをね。もしかしたら、今がそのきっかけかもしれない、とふと思ったんだ。まあ、いいよ。本当に気にしなくていい。さ、どうする？　この店の唐揚げ美味しいよ」

ウーバーイーツ配達員は巨大な四角なバッグから取り出した唐揚げをkの前でおいしそうに食べて見せた。kはおそるおそる手を伸ばし、唐揚げを受け取って口に入れる。一口食べると、自分がとても腹が減っていたことを自覚した。ベンチの上で容器を皿にして、バッグの中の食料をウーバーイーツ配達員と平らげる。いや、目の前の男は、もはやウーバーイーツ配達員ではなくなってしまった。kは彼のことを何かに似ていると思いつきそうになるけれど、すぐには浮かばない。

ウーバーイーツ配達員でなくなってしまったその男は、周囲をきょろきょろ見回して、何かを見つけたようだった。その何かの方に食べ終わったゴミを入れた巨大な四角なバッグを抱えて、運んでいく。胸の前で抱えたそのバッグは使い道のわからないブロックみたいに見えた。深夜で既にゴミ出しの始まっているゴミ捨て場に、そのブロックを置くと、kのところに戻って来た。

「じゃあ行こうか」

kは促されるまま荷台にまたがって、Kの胴に手を回す。

「まず、どっちに行く?」

kは直感で応える。この辺りの風景に見覚えがあるわけではないけれど、とにかく進まないことにはしょうがない。

シティバイクが走り出すと、kはより強くKにしがみつく。Kの強い脚力が生み出す加速度と、風を感じ、kの気分は高揚する。そうだ、このお兄さんはまるでアンパンマンみたいなんだ、とkは思いつく。さっき何かに似てると考えて、思いつきそう

ないのに。

になったのもそれだ。kは自分の発想の幼さに吹き出しそうになる。もう6歳になるというのに、アンパンマンだなんて。これじゃあまるで2歳児だ。僕はもっともっと早く色々勉強をして優秀にならなければならないのに。アンパンマンなんて本当はいないのに。

レストランからの帰りだったというのにkがお腹を空かせていたのには、わけがあった。両親が喧嘩を始め、その成り行きが気になるkはまともにご飯が喉を通らなかったからだ。母親は怒っていない時は、kがきちんとご飯を食べていないと目ざとく気づき、無理やりにでも食べさせるのだけれど、怒りに火が付くと、母親は自身の感情以外に全く気が回らなくなる。鉄さえ溶かす高炉のように、感情の波はすべて怒りに飲まれていく。さながら、業火にくべる薪のように、些細な感情は燃え盛る怒りの燃料になった。燃えるはずのないものさえも燃えた。

以前はこうではなかった。彼女が望むだけkが優秀であるかもしれないと思えていた頃はまだ、彼女の怒りがそこまで燃え盛ることはなかった。けれど、彼女にとってkは許容範囲を越えて非優秀だった。客観的事実として、そうであると断じるにはまだ早いはずだったが、彼女にとっては断じるに足るだけの証拠があるように思えた。

なにせ、彼女はそのことを判別するための鑑識眼を備えていることこそが、自分の優れたところだと思っていたのだ。人間の優劣は環境と遺伝子を基盤とした素養でほぼ決まる。彼女の努力で、前者は最善のものが用意できたとして、それでもこのありさまということは、もはや期待するだけ無駄というものだ。受験の失敗以降も、習い事や、芸能活動などの成果を見て、その思いが強固になっていく。幸せになってくれればそれでいい、と自分自身に言い聞かせ、半ばそれを信じているが、深層心理までそれを信じさせることはできない。けれど、その感情を極力彼女は言語化せずにいて、そのため一層故のわからない火種として心中に居座り続けた。火種は、何かのきっかけで全体を発火させ燃え盛る。頻繁ではないが、まれというほどでもない。すぐに人を見下す癖のある彼女は本当のところ自己評価が低く、内心で等価以上交換をしてきたなどと嘯《うそぶ》いてきたのもその表れでしかなかった。火種が全体を発火させ、収める術を持たない彼女の心中はその熱と、炎が放つ光に混乱する。混乱は更なる混乱を生み、ただただ頭の中が赤く熱くなる。

この日はどういうきっかけだったろう？　kが箸をうまく使えずに、ご飯をぽろりとテーブルに落とし、そのことに夫が気づきもしなかった。思ったよりも料理の出て来るペースが遅かった。水が温《ぬる》かった。kが受けたオーディションがまた最初の面接で落ちたと連絡があった。普通なら一週間で終わるピアノの課題が終わらなかった。この日々はどこにも繋がっていない、価値あるなにとも交換できないと彼女は思った。

シティバイクが風を切って走る。

Ｋの大きな体が風よけとなって、荷台に座るｋに届くのは微風だけだ。髪を優しくそよがせる、そのわずかな風をｋは心地よく感じた。道の分岐点に至る度に、Ｋがどっちにいくか聞いてくる。ｋはその都度適当に応えた。Ｋは何も疑問を差しはさまず、ｋの指定した道を進む。延々と夜の街が続いた。高いビル群を抜けると、少し背の低いビルが並びだし、かと思うとまた背が高くなる。街は巨大で、いくらまっすぐ進んでも途切れることなく続くようにｋには思えた。そう感じるとｋは気分がよくなった。制限時間いっぱいまで自転車の後ろに乗っていたいと思った。

「本当はね」と自転車を漕ぐＫが前を向いたまま語りだした。「自転車の荷台に乗るのは駄目なんだよ。昔は二人乗りなんて当たり前だったらしいんだけど、いつからか取り締まりが厳しくなって、誰もやらなくなった。だから本当は今こんな風に君を乗せているのも駄目なはずなんだ。それから、」

緩やかな下り坂になって、漕ぐ脚が止まる。アスファルトの上をタイヤの転がる音が心地よく響く。

「それからきっと未成年である君をこんな風に運んでいるのも駄目なんだ。それらはすべて法律にひっかかる。僕は法律を勉強しているからね、よくわかる。でもさ、法律は法律だし、もっと大事なものってあるよね。法律的には、君は家に帰るべきなんだけど帰りたくない。だからこの1時間だけは特別だ。ちょっとした隙間みたいなものだ。君の言う通り、君が好きな方に進み続けたらいい」

道は坂が終わってなおもまっすぐだった。風が強くなり、それが頬を撫でる心地よさに、kは思わず目を細める。配達を止めてしまった元ウーバーイーツ配達員の言っていることは今一つ意味が分からなかったけれど、意味の分からない言葉すら流れる風のように心地よかった。kはまたアンパンマンを思いうかべている。空腹はもう満たされていたけれど、意味の分からない言葉によって別のところが満たされていくようだった。

——「でも実際には、」道は再び小さな下り坂、Kの声にタイヤの音が重なる。「配達なんていつでも止めることができるし、それを塞ぐ手立てなんてないんだ。どこにだって隙間を見つけられるし、隙間をこじあけてどこまでもいける。そしてなにより、君も今はとにかく自由だ」

シティバイクが走る。

その音にKもkも耳を澄ましている。

「お兄さんはどうしてウーバーイーツ配達員なんてやってるの？」

kは疑問に思っていることを口に出してしまった。kはたまに衝動的に疑問を口に出してしまうことがある。その度に、母親はとても悲しそうな顔になった。

「なんてって？」

Kは笑いながら言う。

「ママがなっちゃいけないって」

自転車の運転を覚えた同級生が、将来の夢がウーバーイーツ配達員なんだって、とkが母親に言うと、kが恐れる目をして、ウーバーイーツ配達員にはなってはいけないと言った。母親は蔑《さげす》みを隠しているつもりだったが、kには伝わっていた。

「なんでだろうな？　本当は、僕は大学生なんだけどね、今は大学に行かずに、配達ばかりやっている。他に割のいい仕事はたくさんあるけどね、自分には今これが必要だと思えたんだ。それで実際に随分自分は変わったよ。体が強くなったし、この辺の地理にも詳しくなった。たぶんこのエリア内であれば、誰よりも速く移動できる。まあ、そろそろそれも頭打ちだったんだけどね。だから、さっきバッグを捨てて、もうウーバーイーツ配達員でもない」

　自転車がまた止まった。四叉路に差し掛かっていた。kには見覚えのない風景だった。kはさっきまでと同じように、適当な方向を指さそうと思ったけれど、急に手が動かなくなった。そんなkをKがじっと見つめた。

「どうしたの？」

　kは急に心細さを感じ始めた。それは、たまたま知り合って、成り行きで自分をここまで運んできたKに不意に恐怖を覚えたからではなかった。むしろその逆で、信頼のおける誰かといられることによる安心感から、抑えていた感情が湧きだしたからだった。それから罪悪感が込み上げてきた。kは嘘をついていたからだ。

「どうしたの？」

　再びKが聞く。kはそれに直接答える代わりに、11桁の数字を諳《そら》んじた。

　不思議そうな顔を向けるKに、「ママの電話番号」とkは申し添えた。Kはウーバーイーツのシステムが出すアラートまみれのiPhoneのメモアプリで、kの母親の番号を記録した。

「右に行くか、左に行くか、まっすぐか。それと、ママに電話するという選択肢も増えたね。言った通り、後20分間は君の自由だ。どうする？」

kは帰ることを選んだ。Kが電話を掛けると、10回コール音が鳴って、留守番電話に繋がった。何かメッセージを吹き込むべきか悩んだが、結局は録音モードになる前に電話を切り、もう一度電話を掛けた。今度は3コール目で出た。話し始める前の一呼吸の間で、Kは言うべきことを考える。彼を拾った場所のこと、一人だと怖くて待てないと言うから警察署まで送っている途中であること、おそらくはまさに今電話をとった相手であるところのお母さんの電話番号を急に思い出し、そして電話を掛けているのだということ。世界中のどこでも生きて行けるように、ウーバーイーツの配達の傍ら、英語の勉強と、法律の勉強にいそしむ彼は、万が一にも自分が法的な追及をされないように、張るべき予防線を最後に頭の中でまとめた。

電話は無言が続いている。うまく接続されなかったのだろうか？　向こうが話し始めたら、あらかじめ考えた予防線を張るつもりだというのに、調子が狂う。きちんと接続がなされているかだけでもまずは確認しようと思い、あの、と声を掛けると、ようやく声が返って来た。

「はは。どこかで見てました？　監視カメラとかいたるところにあるって言いますもんね」

文脈のわからない台詞に、Kは混乱する。Kは小さな子どもを拾って、小さな冒険に連れ出した。多少問題のある家庭かもしれないけれど、そこに戻るだけの気力を養ってそこに子どもを帰してやる。少しだけ外部に触れた子どもは、これまでよりも少しだけ強くなり、その環境に対応できるかもしれない。いつか子どもが成長し、Kと同じように自分の力をゆっくりと鍛えていける種が少しでも植えられれば良い。Kにとってこの件は、そのくらいの対応で十分な事象であるように思えた。しかし、続く母親からの発言によってKの想定はくずれていく。

ははは、ははは、と母親は笑う。人格ごと崩れていくようにだらしなく笑う彼女に、Kは何を言えばいいかわからない。

「私何言ってんでしょうね。そんな、ドラマとか映画じゃないんだから、四六時中監視されてるわけないのに」

ははは、ははは、とまた母親は笑う。

「やだ警察かと思ったじゃないですか。あなたが警察のわけないですよね。私、今、旦那を殺しちゃったんですが、別にわざとじゃないんです。えいって、押しただけなのに、勝手に転んで、頭をぶつけて。だからこんな大型の家具やだって言ったのに、だって、私ひとりじゃ持ち運びすらできないんですよ。本当にどんくさい、何もわかっていない、馬鹿な人。私はただ押しただけで、殺すつもりなんてなかったんです。

だからこれって、殺人にはなりませんよね。って、はは。あなたに聞いてもしょうがないか。てかあなた誰？」

話すほどにその声は落ち着いていくように聞こえた。しかしそれが表面的なものに過ぎないことがKにはわかった。Kは彼女の言葉から状況を予測しようとする。子どもを拾ったレストラン近くで子どもの両親が口論になった、夫婦は子どもを忘れるほどの口論をしながら、家路に就いた。家についてからも口論は続き、ついにはつかみ合いの喧嘩になった。その果てに母親が父親を押して、転んだ父親は固い家具かなにかに頭をぶつけて今血を流している。

Kは子どもに視線をやった。何をどういう風に伝えるべきだろう？　そもそも自分の予測を伝えるべきかどうかもわからない。それに、母親に対しても言うべきことがあった。夫が血を流しているとして、果たして本当に死んでいるのかどうか。それこそドラマや映画ではないのだから、打ちどころが悪くて即死なんてことはそうそうない。血を流しているのが事実だとしても、脈はちゃんと測ったのか。脈がまだあるのだとしたら、すぐにでも救急車を呼べば間に合うのではないか。そのことを伝えようとした瞬間、電話が切れた。不通を示す電子音をしばらく聞いた。それから再度電話を掛けたが、母親は出なかった。その後も何度か立て続けに電話をしたが、やはり出ない。Kは電話を諦めて、携帯会社を問わず、横断的に連絡できるショートメッセージを送ることにした。「即死なんてそうそうないから、一旦落ち着いて脈を測ってみてください」、「とにかく救急車を呼んでください」子どものことを伝えるべきかどうか少し悩んだがやめておいた。ショートメッセージに気付いたときに、徒《いたずら》に混乱を募らせるだけのように思ったからだ。

Kはkを見る。闇夜の中、真上の街灯に照らされた子ども。彼をどうするべきだろう？　これまでウーバーイーツ配達員としてシティバイクを漕ぎ、それによってこれまでのどんな時よりも自分自身に没して、何かを鍛えてきた。結果として得た強靱な脚力と、ゆるがない精神力で世界のぬかるみを漕ぎ渡ってきたはずなのに、急にこれまで平気で渡ってきた足元の混沌がまとわりついてくるような感覚を得る。

「ママのこと好き？」

何を言うべきか悩んだKは結局そう聞いた。kは固まったように動かない。が、しばらくして何かを決意でもしたように強く頷いた。

Kは何が最適な行動なのか、判断しかねていた。例えば、今すぐ警察に連絡をして、事情を説明することはできるかもしれない、けれどどこに向かわせればいいのか。

kを拾った場所からそう遠くない場所に彼の家があるのならなんとかなるかもしれ

ない、とKは思いつく。あの周辺についてはほとんど自分の体の一部と思えるほど熟知している。いや、体よりも詳しい。

Kはkに部屋から何が見えるかを聞いた。それから一番近くのコンビニエンスストアまでの道のりを訊ねた。他にどういうコンビニがあるのか？　青いコンビニ、緑のコンビニ、赤いコンビニ、その位置関係、他にどういう店があるのか、牛丼店はあるか、その牛丼店は、橙色か、赤色か。ラーメン屋はあるか？　とんこつか、家系か、二郎系か、二郎系の場合インスパイアかどうか、住んでいるマンションは何階建てか。質問を重ねていくほどにKの中で焦点が絞られていく。そしてやがてはここしかない、と思い当たる。

Kは119に連絡を入れた。マンション内の事故で男性が倒れてしまい、脈はまだある。その妻が一緒にいるが、パニック状態でまともに会話ができない。自分は彼らの知り合いであり、たまたま彼らの子どもを預かっていて、急いで現地に向かっている。憶測交じりの現状をKは伝え、部屋番号と母親の電話番号を伝えた。

電話を切り、Kは iPhone で現在地を確認すると、間違いないと思った場所を目指してシティバイクを漕ぎだした。

Kはkを乗せて、まっすぐに目的地に向かっている。Kにはそれが正しいことなのかどうかわからない。実際のところ、父親が死んでいたら？　もし父親が亡くなってしまったのだとしても、初犯で故意でなければ、執行猶予が付くだろう。その場合、この子どもは、やはり母親と一緒に生きていくのだろうか？　わからないが、そうなるんだろう、たぶん。現代社会は、核家族のユニットで組みあがっていて、ユニット単位で責任を負わせることで、何とか秩序を保っている。完全に壊れでもしない限り、牢獄であるかもしれないその枠の中から子どもが逃れることはできない。

iPhoneが鳴って、反射的にKは電話に出た。

「サイレンの音。ね、聞こえるでしょ？」

母親からだった。言われて、スピーカーに耳を澄ませば、確かにサイレンが聞こえた。

「あなたが呼んだのね。警察？」

「いえ、救急車です」

「もうだめだわ。限界なの。もう、私にはできない。これ以上母親はできない。きっと私の近くに居たら、その子はもっと駄目になる。私は不適格なんだよ。無理なんだよ。私にはもうルールがわからないから。だから何もしてやれない。無茶苦茶じゃない、今は。まるでルールがわからないじゃない」

Ｋの腰に回す手にこれまでにない力が加わっている。いずれにせよ、とＫは思う。帰る場所は決まっている。勝手に一人でどこにでも行けるわけではないのだ。Ｋ自身は既に成人し、体を鍛え、頭を鍛え、どこへなりとも行ける力を身に付けつつある。けれど、荷台に乗るこの子どもにはそんな力はないのだった。ただサイコロを振るような運によってしか、彼の環境は好転しない。そこから遠ざけようと思っても、Ｋには何もできない。Ｋの手の中には一人分の自由しかなかった。Ｋにはそのことがなぜか強く実感され、心にのしかかった。自分を鍛え続けることで、どこにでも行けるつもりになりつつあったけれど、それはあくまで一人分の自由に過ぎない。

しかし取り急ぎ、Ｋの管轄するエリアにおいては、誰よりも早く移動できるＫだから、ほどなくしてｋの家族が住むマンションが見えて来る。マンションの前には、救急車が止まっていた。表情を失った女が、無音で点滅する赤色灯の光に照らされていた。

＊

ｋを荷台に乗せたＫは、長い髪が頬に張り付いたその女に近づいていく。

母親とkとが乗るタクシーが交差点で止まった。ガードレールに足を乗せて休むウーバーイーツ配達員の姿がタクシーの後部座席に座る母親の目に入る。ウーバーイーツ配達員を見る度に、彼女はあの日のことを思い出す。

もうきっかけも覚えていない喧嘩を夫として、そしてもみ合いの末に夫が倒れ頭を強く打った。今でもその時フローリングに流れた鮮血を鮮明に覚えている。

次の記憶は、救急救命士がインターフォンを鳴らし、血を流す夫をあたふたと救急車に運んでいったシーンだ。彼女は、その様子をとても昔に起こったことのような、遠い感覚で見ていた。

救急車に積まれる夫を眺めている時に、遠くから誰かがやって来た。それはウーバーイーツの帽子をかぶった男で、彼は自転車に乗って音もなく近づいてきた。荷台には彼女の子どもが乗っていた。目の前できゅっととまると、自転車から降りて、そのウーバーイーツ配達員は夫の安否を聞いた。その男とは電話で話していたらしいけれど、どういうわけだか完全に彼女の記憶から抜け落ちている。後から聞いたところによると、もう少し救急車が来るのが遅ければ命が危なかったらしい。あるいは、重篤な後遺症が残った可能性があった。三角の頂点に置かれた球が、右に転がるのか、左に転がるのか、そのくらいの微妙さで、運命は無慈悲にどちらにも転びえた。

ウーバーイーツ配達員が、すっと音もなく目の前にやってくる像を、彼女は何度も反芻《はんすう》してきた。自分に起こったかけがえのない奇跡の始まりのように。子どもはその時のことを覚えてすらいないように彼女の目には映ったが、そうではなかった。

kの中で、Kとのやり取りはやはりとても長く残った。うまく把握出来なかったその時の出来事や感覚をやがては正確に理解することになる。ウーバーイーツ配達員であるKが彼らを救ったのだった。Kの脚力と、現状分析能力と、周辺の地理を誰よりも把握する記憶力と経験値、それらの能力を存分に発揮することによって彼は父親の命を救い、彼らの家族を救った。kはKに感謝した。神にではなく、めぐりあわせにでもなく、ただ純粋にKに感謝した。

けれどまだこの時のkは、そこまで理解できていない。ウーバーイーツ配達員を見ると、Kが与えてくれた中華料理の味を思い出し、まるでアンパンマンみたいだったなと思うだけだった。年甲斐もなくアンパンマンなんてと彼はもう思わない。

あの日のことを想ったとき、最後にいつも思い出すのは、Kが自転車を漕ぎだしたときに体に感じた加速度だった。Kの強い脚力によってぐっと前に進みだす、一人分の自由に過ぎないとKが恥じたあの加速度を、kは何度も反芻する。人生の転機が訪れる度に、頬にあたる風や、視界を流れる夜景とともに、あの日の加速度を感じながら、自分はどこにでもいけるんだ、とkはいつも思った。

第四章　K＋ICO

ＩＣＯは孤独である。
と同時に孤独ではない。
なぜなら――

＊

ＩＣＯはiPhone13を操作している。
なぜなら――
なぜなら彼女は空腹だったから。

ＩＣＯは昨日のショックのためか、昨晩も今朝も食事をとっていないことに気がついた。食事をとるという日常的な行いをすべて忘れてしまうほどに彼女は動揺していた。けれど、そんな精神的な衝撃を無視して、彼女の体は食料をとることを、つまり生き続けることを要求してくる。体の欲求に従ってＩＣＯは食料確保に向けて動かなければならないのだが、とても外出する気にならなかった。だからiPhone13を操作して、フードデリバリーサービスのウォルトで食べ物を注文しようとしているのだ。ＩＣＯはほとんど別の思念に支配されながら、登録された店舗やメニューをスクロールする。結局彼女が選んだのはスープストックトーキョーのいつものメニュー、オマール海老のビスクだった。

フードデリバリーサービスを使うのは久しぶりだった。ＩＣＯは、細身の割に豊満な胸とトークセンスを生かして、顔を出さずにTikTokとYouTubeで活動し、かなりの金額を稼いでいる。つい先日までは、大学生にしては豊富な稼ぎにまかせ、食事はいつもウーバーイーツで頼み、気分が変われば、ほとんど口をつけずに残すこともあった。けれど、ＳＮＳの活動から引退を考えるようになってからは、無駄な贅沢を控えるようにしていた。この手のフードデリバリーサービスは配達料がかかるだけでなく、そもそもメニューの価格自体も通常より割り増しした金額になっている。タップするだけで買えるから、つい余計なものを買ってしまうことも多い。辺鄙《へんぴ》なところに住んでいるわけでもないのだし、外出のためのメイクをするのが面倒であれば、帽子とマスクで隠して、部屋から出、食べに行けばいいだけだ。あるいは、冷蔵庫にある材料で適当に済ませることだってできる。そうはわかっていてもＩＣＯはベッドから動く気になれず、控えていたはずのフードデリバリーサービスで食べ物を頼んだ。食べ物が届くまでの間、フードデリバリーサービスの機能で配達員の現在位置を追いかけるのが好きなＩＣＯだったが、今はそれをする気にもなれなかった。

代わりにiPhone13で見ているのは、ある大学生の転落日記だった。都内の私立大学生が閑散としたブログサービスにアップし続けるその日記には、父親の経営する会社が倒産したことにより、環境が一変してしまって以降の日々が記されている。友人・知人にも一切話さずに、大学生活を何とか維持しようとするその日記は、呪詛《じゅそ》の言葉と、大学生活をいかにサバイブしていくかの戦略や実行結果が記されている。自身も学費と生活費を自分で稼ぐＩＣＯにとってとても身につまされる内容だった。大学名はイニシャルで学部も明かされておらず、詳細はわからないが、大学3年生である彼は、残り1年と少しの間を何とかやり過ごし、よい就職先を見つけることさえできれば勝ちだと考えていた。父親は会社を倒産させただけではなく、蒸発してしまったそうで、家族からの支援は期待できない。うろたえるばかりの母親には、自分でなんとかすると啖呵《たんか》を切った。家庭教師など高額バイトをこれまでやってきたから、蓄えも多少ある、なんとでもなると彼は母親に言ったが、それは全部嘘であるらしい。講義への出席をなおざりにして、アルバイトに明け暮れていたのは事実だが、同じくらい遊びにも明け暮れた結果、稼いだ金はアルコールや衣類、スマホゲームの課金に消えていた。彼は自分のスマホゲームにおけるガチャ運を誇っていたが、肝心の親ガチャには外れてしまったのだと自虐していた。

その転落日記はＩＣＯの気分をよくさせた。そんな自分を、他者の不幸に心を痛められない、つまらない、愚かで醜い人間だなと思わなくはないのだけど、自分より恵まれていなそうな、可哀そうな人間、そしてそれが致命的というほどでもない人間の存在を感じると彼女の心は不思議と安定するのだった。

他人の不幸は蜜の味。昔の人はうまくいったものだなと、普段の彼女ならそんな風に心の安定を求める自分を客観視できたかもしれないが、今のＩＣＯには余裕がない。眠気のためでも空腹のためでもなく、ただただ重くるしい感情がのしかかり目を開いているのもつらい。

他人の不幸を蜜に感じる程度が、他者と比べて甚だしいのかどうかは、もとよりＩ

COにはわからない。精神状態が良いときは、積極的に誰かに不幸になって欲しいとは思っていないはずだ。ただ、いつもほのかに幸福でありたいとは思っている。大成功を願うのではなく、わずかな優越でよかった。日常を気分よく過ごせるだけの少しばかりの幸福。けれど、その裏側にある粘っこくてどす黒い想いの根っこにある絶望に、今のICOはとらわれる。幸福を願うということは、他者が自分より不幸である状態を望むということだとICOは考える。世界全体が平和であって欲しい、誰も不幸になどなって欲しくないと、気分が高揚しているときに思うことはあるけれど、それも自分を超えない範囲でのことにすぎない。少なくとも自分が幸福であることを前提に、自分を超えない範囲での幸福を他者に許可する心持がせいぜいで、もし、自分が不幸であったなら、誰の幸福も許容できない気がした。自分の幸福を望むのは、他者の不幸を望むのと同じ意味なのだ。なんの比較も必要としない、絶対的な幸福が果たしてあり得るのかどうか、ICOにはわからない。

けれど、なんにおいても例外はあるものだ。彼女にしたところで、自分との比較ではなく単純に幸福になって欲しいと思う相手はいる。彼女と同じ大学に通う同級生、それもICOと同じ名前を持つもう一人のICOに対して彼女はそんな思いを寄せていた。その感情の基盤には、性別を超えた憧れのようなものがあった。

とはいえ、出会った当初ＩＣＯはもう一人のＩＣＯを忌避した。あんな風にはなれない、という感情がＩＣＯの嫉妬心をかきたてた。けれど、もう一人のＩＣＯと接する内に、彼女が自身の輝きを増すほどに、世界そのものが少し自分好みのものになってくれるように感じている自分に気が付いた。あんな風にはなれない、と暖かな感情とともに思うようになる。

ＩＣＯが今、意気消沈しているのは、世界を少し自分好みにしてくれるはずのもう一人のＩＣＯがすっかり駄目になってしまったためだった。そのことをＩＣＯは目の当たりにしてしまった。昨日からＩＣＯの視界からは色が抜け落ち、自分の体を含め世界が無駄なもので満ちているように感じてしまう。にもかかわらず体の欲する欲求が彼女にはとても疎ましい。

ＩＣＯは自身の出自が裕福ではないことをコンプレックスに感じていた分、毛並みのよいもう一人のＩＣＯへの好意を、一度嫉妬を経由してしか、受け止めることはできなかった。けれどもう一人のＩＣＯはＩＣＯの美点や、自分にはない部分を率直に認めた。もう一人のＩＣＯはＩＣＯのファッションセンスを誉めて、自立心の強さや、それを支える気高さを称揚した。

ただのクラスメイトだった間は、２人を結ぶ好意はわずかな通じ合いに過ぎなかったけれど、TikToker/YouTuber「ＩＣＯ」の継承について、ＩＣＯがもう一人のＩＣＯに持ち掛けてから、２人はより太いパイプで結ばれることになった。

「ＩＣＯちゃんはさ、やっぱり面白いことやってるよね。すごいなぁ」

はじめて継承について話した時、大学のカフェテラスで、もう一人のＩＣＯは率直に感心してみせた。

「わたし、その辺のこと全然明るくないからさ。ほんと、すごい」

もう一人のＩＣＯの水分の多い目は、いつもどこかの光を反射させて煌《きら》めいているように見える。この時は一際そうだった。実際のところ、もう一人のＩＣＯはＩＣＯの持ち掛けた話にとても興味をひかれていた。関心が彼女の瞳孔を開かせていた。

もう一人のＩＣＯはＩＣＯの計画を、相槌を打ちながら聞き、話がひと段落ついたとき、きらきらした目で訊ねた。

「それで、私は何をすればいいの？」

ＩＣＯは自分の計画を説明する。顔出しをしていないことのメリットを生かし、ＳＮＳ上の存在であるＩＣＯを自分と切り離して、老けることのない、永久の女子大生として継承し続けたいのだ。当初は自分の身元がバレることを避けつつ、収入を確保するためにと考えていたのだったが、具体的に計画を練っているうちに、ＩＣＯの中での位置づけが変わっていった。身バレするかどうかではなく、引退後も収入が得られるかどうかでもなく、自分が作り出したものをもっともよい形としてネット上に構築し、それが永続していってほしい。なぜそんなことを望んでいるのかを、彼女自身うまく言語化できていなかったが、例えば、それはもう一人のＩＣＯが輝きを増すことで、ＩＣＯが好む世界に少し近づく感覚の延長線上にあることのように思えた。

「間違ってたら、ごめんね。つまりＩＣＯちゃんはきっと、イデアみたいなものを世界に送り出したいんだね」

もう一人のＩＣＯがＩＣＯの話をまとめるように言った。けれど、ＩＣＯにはもう一人のＩＣＯが言ったイデアの意味がわからなかった。

もう一人のＩＣＯは小作りな顔に、品のよい笑みを浮かべる。

「ＩＣＯちゃんが理想とするような、女の子。本当には存在しないのかもしれないけど、でも象徴としては確かに存在する『ＩＣＯ』ちゃん。そういうの。さっき、つまり、なんて言っちゃったけど、ＩＣＯちゃんが説明してくれた通りのことだよ。別の言葉に言いかえたくなるのは、私の悪い癖なんだ。ごめんね」

ＩＣＯは、もう一人のＩＣＯの口ぶりに、臆病な小動物よりもずっと感じやすい部分が優しくなだめられているように感じる。本当に、どうして、こんな人が自分と同じ大学に通っているのだろう、とＩＣＯは思う。付属の中高はお嬢様校としても知られるところだから、単に外部受験が面倒だったからかもしれない。そんなことに必死にならずとももう一人のＩＣＯなら、彼女なりの価値基準で自分にふさわしいところに辿り着けるのかもしれない。深く接する内に、ＩＣＯはますますもう一人のＩＣＯのことを好ましく思うようになっていた。

ネット上の女子大生イデアとしての「ＩＣＯ」の継承を始めるにあたって、ＩＣＯがもう一人のＩＣＯに求めたのは、まずは「ＩＣＯ」の共有だった。もう一人のＩＣＯを被写体として撮影した動画を、特に説明を加えずに、いつもの動画としてアップする。もちろん「ＩＣＯ」の中身が入れ替わっていることには気づかれないように、細心の注意を払って撮影は行わねばならない。ＩＣＯにはあって、もう一人のＩＣＯにはない黒子は書き加え、逆のものはファンデーションで消すことにした。さらに体形を近づけるためにもう一人のＩＣＯの胸にはパットを入れる。身長はほとんど同じだからいじる必要はない。編集はＩＣＯがやる。万が一、「ＩＣＯ」の中身が入れ替わっていることに気づかれたら、どっきり企画ということにしてごまかすつもりだった。これは、あくまで継承のための準備段階なのだ。中が代わり続け「ＩＣＯ」が永続できるための勘所を押さえるためのステップであると、ＩＣＯは考えている。

動画を撮影し、編集作業を進めるうちに、ＩＣＯは、直感的に進めてきた継承になぜもう一人のＩＣＯに協力して欲しいと思ったのかに気づいた。「ＩＣＯ」という存在をイデア化するにあたって、ＩＣＯはもう一人のＩＣＯの持つ要素を加えたかったのだ。もちろん、要素といってもＩＣＯが思う、もう一人のＩＣＯの特徴にすぎないのだけれど。

そもそもＩＣＯはただ自分のみを素材として「ＩＣＯ」を作っていったわけではなかった。あまたいるTikTokerやYouTuberの中でも人気となるように考え、自分に足りない要素を考えたとき、自然と思い浮かんだのがもう一人のＩＣＯだった。これまでもＩＣＯはもう一人のＩＣＯの持つものを「ＩＣＯ」に勝手に入れ込んでいたつもりだった。継承を始めるにあたっては、コピーの参照元となるものを、より濃いものにする必要があった。そのためにもう一人のＩＣＯにも作業に混ざって欲しいと感じていたのだ。と、そんな風にＩＣＯが思ったのはもう一人のＩＣＯからイデアという単語を聞いた後、それについて調べたからだ。最初はWikipediaで調べ、その知識を基にして図書館で本を漁った。

例えば鳥について人が思うとき、人は個別具体的な鳥を思い浮かべると同時に、総体としての鳥を思い浮かべることができる。早朝に街中のごみを漁る鳥を思い浮かべることもできるし、ネバーモアと呟いて飛び去る大鴉を思い浮かべることも、鴉の隙をついて餌を狙う雀を思い浮かべることもできる。しかし総体としての鳥をぼんやり思い浮かべるとき、その鳥は個別具体的な鳥のすべてと重なっていながら、しかし、そのどれでもない。個別具体的な鳥たちは、たまたま自分の目の前で鳥を具現化している存在にすぎない。時間も空間も、それを目にする自分すらも、超越して存在する総体としての鳥のことをイデアと呼んでいるのだとＩＣＯは理解した。であるならば、確かに私はイデアとしての「ＩＣＯ」をネット上に残したいのかもしれない。そうすることによって、自分の好きな世界のありようが、少なくともその一部が、見るものに届けられるのではないか。

自分がもう一人のＩＣＯに共感できたことをＩＣＯは伝えたいと切実に思った。しかしそれはもう叶わぬことだった。

なぜなら、動画を撮って編集している間にもう一人のＩＣＯは事故に遭い、植物状態になってしまったからだ。

ウォルトの配達員がマンションのチャイムを鳴らした時、ＩＣＯは既に何を頼んだかを忘れていた。それでも、以前フードデリバリーサービスを頻繁に頼んでいた時の習慣で、インターフォンが鳴ると、自動的に体が起きた。ドアに体重を預け、体の半分以上が配達員の死角に入ったままの姿勢で、手だけをにゅっと突き出して食料を受け取る。それだけ用心して受け取るのであれば、置き配にして接触せずに受け取ればよいようなものだが、置き配で何度か痛い目に遭った彼女は、受け取りだけは手渡しにすることにしている。

ウォルトの配達員から食料の入ったビニール袋を受け取った瞬間、視界にはWoltと書かれた配達員専用の帽子が入った。ＩＣＯはふっと、いつかの名も知らぬウーバーイーツ配達員のことを思い出す。

彼女が「ＩＣＯ」の継承を決めて、生活費を抑えるための引っ越しをする前、彼女はすべてのフードデリバリーサービスの配達員を見下していた。巨大資本が作ったシステムに動かされ、貴重な人生の時間を誰でもできるお遣いに費やされ、小銭を得るという仕事にしかつけない無能な人間だと思っていた。しかし、ＩＣＯは当のウーバーイーツ配達員から精神を救ってもらったことがあった。

以来、彼女はフードデリバリーサービスをほとんど使わなくなった。節約のためでもあったが、なにより頼んだ食料の多くを手も付けずに捨てていた生活は、自身の堕落を象徴する行動で、堕落からの更生という意味合いも含まれていた。稀にフードデリバリーサービスを頼むときも、ウーバーイーツ以外を利用した。あのウーバーイーツ配達員には、自分が納得するタイミング以外で会いたくなかったからだ。

帽子のWoltの文字を目にして、ＩＣＯは自分があのウーバーイーツ配達員に今こそ会いたいのだと思っていることに気づいた。もう一人のＩＣＯが全身不随の植物状態になり、世界そのものが棄損されてしまったように感じている今こそ、いつも遠くを見るような彼の視線に射抜かれながら、言葉をかけて欲しいと思った。

けれど、今目の前にいるのはウーバーイーツの競合サービスのウォルト配達員であり、おまけに彼女は当時とは違った地域に住んでいる。

ウォルト配達員が、短くお礼を言って去ろうとした。

ＩＣＯはなんとなく、ドアに隠していた体を乗り出して、彼の横顔を見た。

ＩＣＯの体が勝手に動き、ウォルト配達員の腕を摑む。

ＩＣＯは自分の目を疑った。その後すぐに、目の前の光景は、自分の願望の見せた錯覚かもしれない、と思った。

なぜならそのウォルト配達員は、あのウーバーイーツ配達員だったから。

＊

Kは孤独である。

と同時に孤独ではない。

なぜなら——

なぜなら、彼はいつも配達に勤《いそ》しんでいるから。以前ウーバーイーツ配達員であったKは、ある日の配達放棄をきっかけとして、ウーバーイーツ配達員をやめた。そして、その当時日本に入ってきたばかりのウーバーイーツの競合サービスであるドアダッシュ配達員に華麗なる転身を遂げた。

基本的にやることは同じである。ウーバーイーツの熟練の配達員であるKはすぐさまドアダッシュの熟練の配達員となった。Kがドアダッシュを選んだのには理由があった。ウーバーイーツ配達員をやめた後、Kがネットで調べたところ、実はウーバーイーツはフードデリバリーサービスのトップシェアではなく、ドアダッシュの方がリーディングカンパニーであることに気づいたからだ。どうせ転身をするのであれば、より規模が大きな世界へと飛び込むべきだと思った。

ドアダッシュ配達員となった日、Kは飲食店から民家へと食料を運んだ。翌日、飲食店から民家へと食料を運んだ。その翌日、飲食店から民家へと食料を運んだ。効率の権化となって運び続けることで、Kへの報酬は積み重なっていく。活動エリアが変わったため、地理を体に叩き込むまでは自分としては満足いく成果を出せていないような感覚がぬぐいきれなかったが、ひと月もすれば、元の地域と同じくらい自由に走り回れるようになっていた。獲得する報酬もそのエリアでは一番になった。けれど、K自身は頭打ちを感じている。なぜなら、ドアダッシュのサービスが日本で始まったのは東京ではなく仙台で、そもそものマーケットシェアに限界があったからだ。Kが調べた通り、ドアダッシュは地球規模でみたならば、マーケットシェアがナンバーワンだったが、日本ではウーバーイーツに大きく遅れをとっていた。ウーバーイーツで鍛えた配達力をもって、どこでも生きていける実感を得るために、仙台で活動してみるというのは、Kにとっては悪くないアイデアに思えたし、報酬的に頭打ちではあったものの生活ができないというわけでは無論なかった。Kが不満を覚えるのはトライアルとしての冒険のなさだった。

そのためKは単身アメリカのマイアミに渡ることにした。ドアダッシュ配達員として最大限の能力を発揮できる場所を検討した結果、ウーバーイーツと現在もシェア争いを繰り広げるマイアミが良いだろうという結論に達したからだ。

Kはマイアミに到着すると、部屋を決めるよりも先にシティバイクを買い求め、すぐにドアダッシュ配達員としての活動を始めた。これまで鍛えてきた配達力でもって全く問題なくKは報酬を稼ぐことができた。ウーバーイーツ配達員として鍛えた脚力や地図をすばやく的確に読む能力の他、この惑星における生命力の強化として、英語力や、法律についてもKは勉強してきたのだ。それらの力は大学の同級生が望むような、日本の大手企業にうまく忍び込むためには役に立たないかもしれないが、新天地で生きていくための糧を得るにはとても役に立った。ウーバーイーツでも、ドアダッシュでも、ウォルトでも何でもいいが、とにかくフードデリバリーサービスがその地にあって、自己流で鍛えた英語が伝わるのであればKはどこでも生きていける。

フードデリバリーサービスは新たな自然を世界にもたらした。その自然と共存することがKは誰よりもうまい。ペダルを強く踏めば、Kの体はどこまでも遠くにいくことができる。Kが配達の時に習慣的に聞く朗読は、カフカの『審判』から『失踪者』に代わっていた。日本にいた時と同様にその朗読を聞きながら、Kは東海岸を駆け続ける。

配達を続けながら、森の中にいるようだとKは思う。風を読み、より実りのある方へと自然と体が動く。飲食店に出向き、食料を受け取ったなら、腹をすかせた人間にその食べ物を運んでいく。システムに指示を出された通り、北へ南へ西へ東へ、Kは奔走し続ける。新しい自然が生み出す風と、シティバイクで街を走る際に頰や髪で受け止める風、いつもどこかで腹を空かせている人間たちの欲望の波。二種類の風を感じつつ、Kは波を乗りこなす。

しかし徐々に彼は物足りなさを感じ始める。なぜなら、アメリカは日本ほど街が密集したつくりになっておらず、自転車での配達は少数派だったからだ。それでも自転車で戦えるエリアで、Kは森の中を俊敏に移動する野生動物のように駆け回ったのだが、東京での配達生活と比較すると、物足りなさを感じる。東京でも同じエリアでずっと配達をしていると、マンネリを覚える機会は少なくないのだけれど、マイアミと比較すればやはり多様なパターンがあり、配達ルートもそうだった。Kはマイアミで自分の能力の進化を感じると同時に、それを生かしきれないという思いを募らせていった。東京が懐かしい。

さらにKに東京への帰還を促す事象がもう一つあった。彼がウーバーイーツ配達員になる前、彼はある声を受信した。それはある種の幻聴だったかもしれない。うまく大学生活になじめない彼が願望し、自ら作り出したものだったかもしれない。しかし、なんにせよ、重要なのは、彼には声が聞こえ、その声が実際に彼を動かしたということだ。

その声はKに「城」を想像させた。

声は、その「城」から聞こえてきた。

声の主である美しい姫はその「城」にとらわれているのだ。

声は、Kに強くなれと求めた。姫が求める強さはただ肉体的な頑強さではなかった。姫が求めているのは溶岩のように融解するこの世界の上で、粛々と自転車を漕ぎ続けられるような強さであって、強くなったKにどこかとも知れない「城」にとらわれる自分を救い出すように求めた。

これまで、配達を続けるとき、耳を澄ませば、いつもその声が聞こえていた。意味を理解できる言葉として像を結んでいなかったとしても、その声の存在を感じることができた。しかし、マイアミでドアダッシュ配達員として食べ物を運んでいる日々の中、ふと気づけば、その声が聞こえなくなっていた。もしかしたら、声から離れすぎたのかもしれない、とKは思った。

実際のところ遠くに来たもんだ、とマイアミでKはシティバイクを漕ぎながら思う。実際に彼は配達員を始めた街から遠く離れた場所にいるのだが、Kの感じる遠さは物理的な距離のことだけではない。

Ｋは東京への帰還を決めて、シティバイクをビーチで騒いでいる下手なラッパーに譲り、東京へと戻ってきた。ちょうど日本の市場では、ドアダッシュとウォルトのサービスが統合され、存続サービスはウォルトに決まったころだった。そのためＫはドアダッシュ配達員から、ウォルト配達員へとふたたび華麗な転身を遂げることになった。そしてＫは新たなステージでもたちまち一級の配達員となった。なぜなら、ウーバーイーツ配達員もドアダッシュ配達員もウォルト配達員もすることは基本的に同じだからだ。

久しぶりに東京の街を配達の舞台とした彼は、ジャングルに解き放たれた小猿のように、素早く生き生きと街を駆けまわった。当初は仙台に行く前に拠点としていたエリアの近辺で配達を行ったが、飽き足らなくなったＫは東京の他のエリアでも配達を始めた。そのエリアが完全に自分の中に入ると、別のエリアへと移動する。新宿、池袋などの副都心、大手町や銀座などの都心など、地方都市の中心街レベルの街並みが放射状に広がっているのが東京だ。そのすべてを自分の体の一部よりも詳しく、駆け巡りたいという欲求がＫの中に生まれていた。

「どうして、ウォルト配達員なんてやってるのよ」

そんな日常の中、食料を注文主に渡して去ろうとした折に、自分と同じくらいの年齢の女性がKに言った。

Kはウォルト帽のつばを右手でわずかに持ち上げて、女性を見た。見覚えがあるような、ないような。しかしすぐにしかとは浮かばない。そのことが女性に伝わったようで、小さな苛立ちの表情が顔に浮かぶ。

「ウーバーでしょ、君は」

Kは、ああ、と思いつく。といって、目の前の女性、ICOが誰なのかを思い出したわけではなかった。もう遠い昔のように感じはするが、確かに自分はウーバーイーツから配達員を始めた。それ以前とはすっかり別の生き物になってしまったように感じるが、今へとつながるジャンクションポイントは確かにウーバーイーツだった。

彼女はきっと、ウーバー時代に自分の客だったことがあるんだろう。そう断じることができたのは、配達員になって以来、Kにはプライベートなどほとんどなかったからだ。ウーバーイーツ配達員として活動していた時分の、印象的だった出来事が頭をよぎる。けれど、やはりこの女性とどこで接したのかは思い出せなかった。ただ、質問には答えることができる。その女性が、なぜウーバーイーツ配達員であったはずの自分が今ウォルト配達員になっているのかを知りたがっているのだとすれば、説明はむしろ簡単だ。ウーバーイーツ配達員だったとき、あるきっかけでバッグを捨ててしまって、ウーバーイーツをそろそろやめようとしていたことに気づいた。ならば、良い機会だから別の配達サービスもやってみようと思い立ち、ドアダッシュ配達員になった、そして、ドアダッシュとウォルトがサービス統合された結果ウォルト配達員になった。

「そうなんだ」女性は納得したような相槌を一旦は打ち、しかしすぐに首をかしげる。

「いや、てか、そういうことじゃなくて」

それから女性はKの顔をじっと見つめ、ため息をついた。

「まあ、いいや。私ね、ちょうど君のこと思い出して……」

そう言いかけて、Kがいまだウーバーイーツ配達員であった頃、酔いにまかせて感情をぶちまけた自分が頭に浮かんだ。自分はあの頃よりもいくらかは成長しているはずで、もっと理知的にKと接しなければならない。完璧にそんな自分になれるまでは万が一にもKと再会しないようにフードデリバリーサービスを使う時には、ウーバーイーツではなくて、ウォルトを使ってきたのだ。もう一人のＩＣＯの件で、心が乱れているＩＣＯだったが、だからこそ、そこから自分で這いあがった後に、Kときちんと再会したいと思った。そんなことを考える自分にＩＣＯは驚く。わずか数回あっただけのKが彼女の中に息づき、ある種のものさしのようになっている。

「最近は、この辺でウォルトをやってるの？」

結局、ＩＣＯは別れ際に、そう訊《たず》ねるにとどめた。

Kはうなずく。そして、

「もうしばらくは」と答えると、ＩＣＯをみやり思慮深げな野生動物のような表情のまま、ウォルト帽のつばをつかんで、目深にかぶりなおすとマンションを去った。

ＩＣＯは精神が高揚しているのを自覚した。引っ越しや、環境の変化があり、Kがウーバーイーツ配達員からウォルト配達員へと変わったにもかかわらず、はからずも彼と再会する可能性はいかほどのものだろう？　天文学的な確率とはいえないが、けして高いとも思えない。旅先でたまたま知り合いにばったりでくわすくらいの驚きでもって迎える事象とＩＣＯには思えた。

ＩＣＯはこの出来事を一種の啓示だと感じた。もう一人のＩＣＯの不慮の事故で、まともに生活を送る気になれない自分をまずはなんとかしなければならない。そう思えること自体ＩＣＯにとっては確かな転機になっている。けれど、やはり気を抜けば、もう一人のＩＣＯの現状に意識が向かい、ずぶずぶと気分が落ちていく。もうこの世界には何の意味もないように感じる。下卑た気持ちが再び起き上がる。くだらない人間が、それでも生きていかなければと生にしがみついている滑稽な様子を見たいとICOは思った。

そんな醜い行為が、自分の精神を癒すことを彼女は知っているから。

＊

くうねるあそぶ。

そんな言葉を知ってるかな？　これはもう何十年も前、この国をくそみたいな状況にした、くそ団塊のくそ世代が作ったくそCMの、くそなキャッチコピーだそうだよ。自動車のCMらしいよ。

くうねるあそぶ、くうねるあそぶ、くうねるあそぶ。

食って、寝て、遊ぶ？

どうなってんだよ、まったく。お前らがくってねて遊んでいたせいで、あとから生まれてきた俺たちのことを全く顧みなかったせいでよぉ、今どうなってる？　この国の給料は30年以上全く上がらず、物価はあがりまくり。食って、寝て、遊んでたら、まあ、当然そうなるわな。

そのくせ、くそ団塊どもはさ、すでに労働から引退してるんだぜ？　しこたま退職金をもらって、悠々自適にカラオケとゴルフ三昧だ。いまだに食って寝て遊んでいるそうだ。俺たちは、社会に出ても、新人としてあいつらの部下みたいなやつらに寝る間もなくこき使われてさ、20万円ぽっちの金をもらって、小汚いちっぽけなアパートで卵かけご飯、ＴＫＧ、ＴＫＧ、ＴＫＧの日々が待っている。自分の欲望を最優先したあいつらくそ団塊世代のせいで、おれらにはくそみたいな人生が待っている。

そもそもなぜ大学に通うのに、自分の能力を最大限のばすために、金を払わなければならないのか。親ガチャに負けただけの俺は、自分が失敗したわけですらない。失敗したのは、親だ。俺はちゃんと努力をして厳しい受験を勝ち残ってきたんだ。そりゃ、学年で特別頭がいいわけでも、運動ができるわけでもないし、顔がいいわけでもないよ。でも、そう悪いわけでもないんだ。親ガチャに当たっただけで、さんざん親に課金されただけで、俺よりはるかに優遇されているくせに、そのことにすら無自覚な、本来的に俺よりも無能な人間が腐るほどいることを俺は知っている。実例なら10でも20でも挙げられるんだ。

とにかくさ、大学の無償化くらいとうの昔にやっておくべきだし、できたはずじゃないか。教育が親ガチャ任せに放置されているなんて、ばかばかしい。

それもこれも、くそ団塊のくそ世代が悪いんだ。俺たちが生まれるずっと前に、この国が今よりずっと調子が良かったときに、その余った金を俺らのために回さなかった。そのせいで、俺はこんな憂き目にあっている。

あいつらが、食って、寝て、遊び惚《ほう》けてしまったせいで！

だからってよ、こっちも、ただ手をこまねいているわけではないよ。

しかるべき復讐というものがあるんだ。いいか、よく聞けよ、くそ団塊どもよ。お前らがため込んだ金をラスコーリニコフたちが奪う。知ってるか？　いや食って寝て遊び惚けていたお前たちにはわからんだろうけどな、ラスコーリニコフは今たくさんうまれているんだ。正当なラスコーリニコフがな！

『罪と罰』すらお前らは読んだことないだろ？　いや、読んだ人が何人かはいるのは知ってる。俺もそこまで馬鹿じゃない。でも、人口の1％もいない。そんなものは、誤差として無視してしまってもいいだけの数だ。だから、俺はこう断言する。お前らは『罪と罰』を読んでいない。したがって、ラスコーリニコフのことも知らない。

ラスコーリニコフ、その優秀な若い学生は、金をため込むことだけが取り柄の、あとは、死を待つばかりの金貸しの老婆を襲って金を奪った。なぜって、老婆が金を持っていたところで、発展性なんてまるでないからだ。昼も夜も関係なく、ときたま金を持ちだしては、それを眺めて一人ほくそ笑む。それだけ。

死んだら遠縁の親戚がその金を奪いにくるか、国に召し上げられるに決まっている。将来のあるラスコーリニコフには渡らない。その有効活用のためには、ラスコーリニコフは老婆を襲って金を奪うべきだ。彼はそう考えた。そして彼はそれを実行した。かなりぬけぬけの犯行だったが、結局はばれずに済みそうだった。ならば、めでたしめでたし。それで、終わればいい。けど、そうならなかった。なぜかって、ラスコーリニコフは犯行に及んだ際、それを目撃した罪なき者も殺害してしまったからだ。金をため込んでいるわけでもない、か弱き女を。

俺は思うね。

ドストエフスキーは逃げている！

腑抜けている！

違うだろ！　ごまかすなよ、フョードル！
プロットを練り直せ！　この髭ぼーぼー野郎！
ちゃんとラスコーリニコフに罪ある者だけを殺させて、金をゲットさせるんだよ。
そうでないと、何も検証したことにならないじゃないか！

まあいい、所詮それは小説だ。ただのお話だ。現実社会においてはね、良くも悪くもことはそんな単純じゃないのさ。現実社会では、ラスコーリニコフは一人なんかじゃない。もとはラスコーリニコフのような考えは、ただの頭でっかちな学生の描く妄想にすぎなかったかもしれない。けど今やそれは、正義になりつつある。それを感じている人は増えている。つまりラスコーリニコフは増えている。増え続けている。さすがドストエフスキー、予言者といわれるだけはあるな！　ラスコーリニコフは今こそ大量に発生して、馬鹿な老人に振り込め詐欺を仕掛け、独居金持ち老人のロレックスを奪うために撲殺している。いく人かのラスコーリニコフは良心の呵責《かしやく》に苦しめられて自滅するだろう。いくらかのラスコーリニコフは間抜けな手順を踏んで破滅の道をたどるだろう。小説の通りさ。

けれど、ラスコーリニコフたちのいく人かは本当に手をかけたかったところに、すっと手を伸ばすことになる。そうしたら、ようやく本当の葛藤がやってくる。その時になって、ようやくラスコーリニコフの思想が有効なのかどうなのかがわかるんだ。当初、それは雑音としてのみ処理されるだろう。お行儀の悪い、心得違いの馬鹿がなした悪事だと考え、世間は切って捨てようとするだろう。

けれどやがて、雑音だと思っていたものが、実は序奏だったと気づくことになる。あちこちで鳴っていた雑音……悲鳴といってもいいかもな、とにかくその音は、やがて重なり合って一つの音楽を作りだす。

それは聞いたことのない音楽だ。

その音楽に触発されて、また別の音楽がはじまる。

新しい音が重なりあって進んで行く音楽を、お前たちは、くそ団塊のくそ世代は音楽であることすらわからない。

まあ、いいさ。

とにかくお前たちは、いつまでも食って寝て遊んでいればいいいさ。

＊

くうねるあそぶ、
くうねるあそぶ、
くうねるねる、
ねるねるねる、
ブログを読みながら思い浮かぶのは、TikTokを撮影する際に響く、短い、けれど強烈に意識を引きつけ続ける音楽の断片と、その音が鳴りやんだ時に強調されて在る静寂。

くうねるあそぶ、というフレーズがいつまでも頭に残る。そのフレーズの中の、ねる、という単語がＩＣＯの頭の中で無限に増殖していく。

ねるねるねる、もう一人のＩＣＯは病院でねるねるねる。事故に遭った可哀そうなＩＣＯは、嘘みたいなきれいな顔で目を閉じている。そしていつまでも寝続ける。

親族以外の面会謝絶状態が明けた後、もう一人のＩＣＯの母親の意向で、お見舞客が一人ずつ病室に入っていいことになったとＩＣＯは聞かされた。もう一人のＩＣＯの母親は、彼女とそっくりな美しい顔をしていた。

母親はとても迷ったそうだけど、もう一人のＩＣＯはそういう対応を望んでいるはずだと言った。

眠り続けるもう一人のＩＣＯの顔を眺めながら、ＩＣＯは、二人でイデアとしての「ＩＣＯ」を生み出すために、もう一人のＩＣＯの黒子を消し、または付け足したときのことを思いだしていた。


撮影の前日に美容室にいって同じ髪型にしたＩＣＯたちは、一緒にシャワーを浴び、お互いの体を洗いあった。もう一人のＩＣＯは、ＩＣＯの髪をたっぷりと泡立てたシャンプーで逆立たせ、髪をつかんだまま、幼い子供みたいに、顔をくしゃくしゃにして笑いかけた。それから、髪から手を放し、手に残ったシャンプーの泡を相手の鼻先にくっつけた。くっつけられた方のＩＣＯもまた、顔をくしゃくしゃにして笑う。

それからＩＣＯたちは鼻歌を歌いながら代わりばんこに泡まみれになった髪をすすぎ、すすぎ終わると同じ色の髪留めで首筋が見えるようにアップにして留めた。目があうと2人は自然とまた幼い子供みたいにくしゃくしゃと笑った。

髪を洗い終えると、今度は体を洗いあった。お互いに黒子やシミを見つけては報告しあった。ＩＣＯにある黒子をもう一人のＩＣＯに書き足して、ＩＣＯにない黒子はもう一人のＩＣＯから消す必要があった。

　ＩＣＯはとても安らいだ気持ちになっていた。その安らぎには、ほのかに官能的な興奮がまぶされていた。気分が高揚した彼女は、もう一人のＩＣＯに様々な質問をした。これまで聞きたくても聞けなかったいろいろな物事についてＩＣＯは訊ねた。これまで何人の男性と付き合ってきたのか、この大学の系列に中学から通っていたということは、きっとお金持ちなんだろうねとか、どうしてそんなに頭がいいのに他の大学を受けなかったのとか。もう一人のＩＣＯはある質問には率直に答え、ある質問には嫌な感じを与えない言いぶりではぐらかした。

「ＩＣＯちゃんはさ、夢ってある？」

　ＩＣＯはもう一人のＩＣＯに訊ねた。お互いの黒子を追って体を探りあった２人には、すっかりてらいがなくなっていた。

「ええー、どうかな。ＩＣＯちゃんは？　あるの？」

「夢っていうほどたいそうなものじゃないけど、なりたい感じはあるよ」

「どういうの？」

「そうだなぁ、私は普通になりたい」

「ふつう、って？」

「普通っていうか、ほんとは普通じゃなくて、ちょっと普通よりも上なのかもしれないけど。例えば何をしてるひとなのって聞かれてさ、普通に答えられて、いいねとかすごいねとも言われない、そういうの。でも、ちょっと感じよくてちょっとうらやましがられているような、そんな状態」

「なんか、ちょっとわかるかも」

もう一人のＩＣＯは笑った。そして、鏡の中のＩＣＯから視線を外し、実際のＩＣＯの方を少し向いた。完全には顔がＩＣＯの方に向けられておらず、目があってはいないままもう一人のＩＣＯは続ける。

「そういうのだったら、私もあるかも」

「どういうの？」

「私はね、まともな人間になりたい」

「まとも？」

「そう。まとも。変に人に嫉妬ばっかりしてるんじゃなくて、ちゃんとまっとうに生きている人の幸福をちゃんと望めるようなまともな人。自分のことばっかり考えるんじゃなくて、ちゃんと公平に世の中に好感を持てる人。そのためには安全な場所からもちゃんと脱出できる人。つまりはまともな人」

ＩＣＯの胸が、小さな棘《とげ》が刺さったようにわずかに痛む。もう一人のＩＣＯの言葉は彼女自身のことに言及しているようにはとても聞こえない。むしろそれはＩＣＯにこそ当てはまるように思えた。ＩＣＯは、「そんなことないよ、ＩＣＯちゃんはまともだよ」ともう一人のＩＣＯの言葉を否定する。

「ぜんっぜん。私は全然まともじゃないよ。ＩＣＯちゃんに私の中身を見せられるなら、見せたいくらい。どろどろした醜くて汚いもので満たされてるんだ。それで、いつもそこから目をそらしているんだ。私は、ずるくて、汚い人間だから。だからね、夢というと大げさだけど、どういう感じになりたいかといえば、まともになりたい。そういう汚いものをちゃんと見据えてね、一つ一つ処理していって、油をかためて捨てる薬剤みたいなものを投下してかちこちに固めて、えいって、ごみ箱に捨ててしまいたい。それで、たくさんの人が、心を大切に守りながら生きていける世界になることを、心から願えるような、そんな人間になりたい」

ＩＣＯはもう一人のＩＣＯの横顔を見つめる。もしかしたらうまく表現できなかっただけで、自分も彼女と同じことを願っているのかもしれない、そうでなければそうなりたいとＩＣＯは思った。

「でもさ、こんな風に洗いっこしてるとさ、そういう私の中までキレイにしてるみたいだよね。好きだな、こういうの」

ＩＣＯたちはその後、用意した同じ服を着て、髪型もそろえ、もう一人のＩＣＯの黒子を消し、または付け足した。ＩＣＯはその後のことを克明に思い浮かべる。そのシーンは繰り返し見た映画のワンシーンのように彼女の頭に深く刻まれている。

そっくり、と向かい合った彼女たちが言い、そして、風呂場でしたようにくしゃくしゃと笑った。

ＩＣＯはその回想に浸っている間、確かに幸福だった。しかし、しばらくすると魔法が解けたように、幸福な追憶は消え失せて、とがった金属片みたいな冷酷な現実の中にいる自分を発見する。

もう一人のＩＣＯの魂はもうこの世にないのだとＩＣＯは思った。あるのは、魂の抜け落ちた、肉の塊だけ。おとぎ話のように、王子の口づけで目を覚ますことがあればいいのだけど、残念ながらこの世はどこまでも残酷なまでに現実的だ。

ＩＣＯは凍った目で、大学生の転落日記に再び目を落とす。今はむしろ呪詛こそが彼女の精神を癒すから。

＊

なんだってねずみ講は禁じられているのか。

その理由が俺にはわかった。

ねずみ講を禁じるのはね、この社会がそもそもねずみ講で出来上がっているからだ。政府だって、資本家だって、文化人だってなんだってそうだ。先に生まれたものが、後に生まれてきたものからいかに効率よく奪うのか、そのことばっかり考えている。そして社会の隅々にまで、罠を仕掛ける。文字通りの罠だ。美辞麗句やら、常識やら、欲望をかりたてるものを餌にして、そこに近づいた者の足をばちんと挟む。そして、生き血をすする。文字通りのねずみ講。じっさいにねずみみたいに人間が増え続けていくんであれば、それでいいはずだった。けど、そんな風にはなっていない。でもね、罠だけは残り続けるんだ。

そして、俺たちはその罠に気づいている。お前たちが残した世界に乗らないことが自衛であることに気づいている。権力者がねずみ講を禁じるのは当然だと今ははっきりわかるね。その素敵な手法は、ぜひ独占したいものな。

おい、くそ団塊どもよ。仕組みがわかってくると、お前たちにちょっと同情心がわいてくるぞ。お前たちはねずみ講で夢を見させられたんだよな。そして次は自分たちの番だと思っていたんだよな。罠にはめられて、古い世界に閉じこめられて、教えられたとおりに罠を作って。でもねずみたちは罠にかからない、俺たちは脱走を試みている。

脱走はうまくいくだろうか？

きっとそれが問題なんだと思うな。

俺はそれを完全には信じられないんだろうな。

だから、罪を償わせようとしているんだろうな。

チャイムが鳴った。なにって？　最後の晩餐だよ。最後の金で、しこたま出前を頼んだんだ。

くってねてあそんだ、あんたらが忌み嫌う、小汚いかっこうのフード配達員が運んできたものを最後に食うんだよ。

俺には、ウーバー配達員が全員ラスコーリニコフに見える。彼らはあちこちの地理に詳しくなってさ、寝首をかく隙を狙っているんだ。ねずみ講の中間管理職であるお前らにも罪はあるものな。そして罪にはちゃんとふさわしいだけの罰を与えられなければならない。そうだろ？

なにせ時間はたっぷりとあったんだ。なのに、あんたたちはまともな社会を作り出せなかった。

おっと、またチャイムが鳴ったな。また一人、ラスコーリニコフの到着だ。

な、親愛なるくそ団塊どもよ。緑、赤、青、いろんなバッグを担いだ配達員を見るたびに、思い出すがいいよ。

あいつらは全員、未来のラスコーリニコフだ。

＊

ＩＣＯは病院までの坂道をのぼる。もう一人のＩＣＯが眠るその病院へ向かうのは、一月《ひと》ぶりのことだった。彼女の中に迷いがあり、もう一人のＩＣＯの姿を見れば、どの選択肢をとるべきなのか閃《ひらめ》くものがあるかもしれないと思った。

初めて見舞いに訪問した時と同じように、病室にはもう一人のＩＣＯの母親がいた。母親はベッドサイドに置いた丸椅子から立ってＩＣＯを出迎えた。今まで娘に語り掛けていたのだろうか。

母親の話によれば、この病院の個室に入院させるのは今月までで、来月にはもう一人のＩＣＯは別の病院へと運ばれるそうだった。その他にも母親は、もう一人のＩＣＯの今後のことを子どもの進路を親せきに説明するような朗らかさでＩＣＯに語った。その声色にときどき微細な揺れが混ざった。

母親が病室から去ってしばらく時間が経つと、窓から射す光がもう一人のＩＣＯの瞼《まぶた》に降りた。それでも全く反応を示さないもう一人のＩＣＯの姿に、言葉にならない感情を覚え、ＩＣＯはカーテンを閉めた。

もう一人のＩＣＯの顔を見て、吹っ切りたかった迷いは、「ＩＣＯ」の継承を実行するかどうかだった。2人で撮った動画をアップして、「ＩＣＯ」を引き継ぐ相手を探しだし、「ＩＣＯ」を継承していく。2人でやるはずだったそれらの作業のことを思うと、楽し気で軽やかな気持ちがＩＣＯを包み、その後には夜の砂漠に一人で立っているような心細さを覚える。どの方向に向かっても正解と思えず、不安なままの道行きで、すべてのことを無為に感じる。

ＩＣＯが「ＩＣＯ」の継承を思いついたのはもうずいぶん前のことのように感じるが、実際に数えてみるとそうでもない。あの時、当時ウーバーイーツ配達員であったＫとたまたま街で会って、国がなくなっても自分は大丈夫だとＫはＩＣＯに語った。そんな彼が進もうとする同じ場所に、ＩＣＯも行きたいと思った。

ＩＣＯは、iPhone14を取り出して、ウォルトアプリを操作してたくさんの注文を行った。すべてはちゃんと把握できてはいないけれど、駅近くのチェーン店や、個人店など、様々な店から様々なメニューを頼んだ。スープ、パスタ、カレー、牛丼、コーヒー、手当たり次第ではあったけれど、極力ばらけさせた。ＩＣＯはＫに会いたかった。ＩＣＯは切実にＫを求めていた。この前みたいに不意打ちのような再会ではなく、今こそ彼に彼自身を届けて欲しかった。

ＩＣＯは病院の入り口でＫを待った。入り口の前は緩やかな上り坂になっていた。その坂を配達員がのぼってくる。息を切らして食べ物を運んできたのはしかし、Ｋではなかった。１人目が持ってきたのはスープストックトーキョーの季節限定メニューだった。病院の入り口で待つ彼女に食べ物を渡しながら、「お見舞いですか」と30歳くらいの男性配達員は感じの良い笑顔とともに訊ねてきた。その後も、多くの配達員が坂をのぼってきたが、どれもＫではなかった。

病院の玄関のバス停で、バスを待つ幾人かがＩＣＯに奇異の目を向けている。確かに奇妙な光景だった。入れ代わり立ち代わりウォルト配達員が彼女に食べものを届けているのだ。いったい何の目的があって、そんなことをしているのか、周囲の人びとにはまるで理解できない。

不理解の視線がだんだんとＩＣＯには苦しく感じられてくる。それはやがて物理的な痛みを伴いだし、彼女は思わず目をつむる。変なことをしている、と彼女は思う。私は変なことをしている。いつも変なことをしている。こんな風にあてずっぽうに頼んだところで、彼がやってくるわけなんてない。だいたい彼がやってきたところで、何がどうなるというのか。私がやっているのはいつも的外れだ。ずっと的外れだった。無理して東京の大学に来たことも、「ＩＣＯ」の継承なんてくだらないことを思いついたことだってそうだ。思いついただけならまだしも、実現しようとしてしまったから、もう一人のＩＣＯを巻きこんでしまった。もし、私が彼女をこんなことに巻きこまなければ、蝶々の羽ばたきが天気を変えるみたいに、わずかずつ日々の行動が変わって、もしかしたらあの日、あんな事故にだって遭わなかったかもしれない。

目をつむった闇が一段と深くなった。ＩＣＯは目を開いた。

目の前には巨大な人影。

ぬっと突き出したものに体がびくりと反応する。ラスコーリニコフ、と彼女は思った。けれど突き出されたものは刃物ではなく、フライドチキンだった。不愛想な配達員は怪訝な目で最後に彼女を一瞥して、去っていった。

再び目を閉じた彼女の頭の中には自分めがけて自転車を漕いで坂をのぼる大量の配

達員が浮かんだ。ぜいぜいと息を切らせて坂をのぼる彼らは何かを憎んでいる。かつてＩＣＯは見下すような気持で、アプリに表示されるアイコン化された彼らに、がんばれー配達しろー自転車漕げーと声をかけていた。きっと彼らが憎むものには、自分も含まれているはずだとＩＣＯは思った。頭の中のラスコーリニコフは増殖し、目深に帽子をかぶってＩＣＯめがけてすすんでくる。彼らが担ぐ四角な大きなバッグの中には刃物があって、きっと食べ物のかわりにそれを私に差し出し、そしてそのまま私を突き刺すだろう。

また人影を感じた。ＩＣＯは覚悟をもって、目を開いた。しかし、目の前に立っているのは、自分を罰しに来た者ではなかった。ウォルト帽子を目深にかぶった細身の男に彼女は見おぼえがあった。

Ｋだった。

ＩＣＯは驚いた。

Ｋもまた驚いている。

その驚きは、やがて呆れへと変わる。その変遷がＩＣＯをなぜか安堵させた。

「なんでそんな食べ物にまみれているの？」

そう脱力したように言ってから、まあいいや、と呟いてビニール袋を突き出してくる。

ただＩＣＯはＫに会いたかっただけなのだけど、そのことをうまく伝えられない。

「どうしたの？」

Ｋは前回の偶然の再会の時に、彼女が何か言いそうになりながら、口をつぐんだことを思い出した。

「どうもしないけど、」と言いかけて、ＩＣＯは首を振った。「君に、会いたかったんだ。それで、」

「それで、こんなに頼んだの？」

ＩＣＯはおびえた動物みたいに細かくうなずいた。

大量のラスコーリニコフ、そしてそれに殺される自分。ＩＣＯともう一人のＩＣＯ、「ＩＣＯ」の継承。もう一人のＩＣＯとの洗いっこの話、ここ最近の出来事を洗いざらいＫに話したいとＩＣＯは思った。しかし実際にＩＣＯの口をついて出た言葉は別だった。

「君さ、どうして配達員なんてやってるの？」

Ｋはいつか小さな子どもにしたように、「なんてって？」と質《ただ》したりはしなかった。

ＩＣＯの問いかけが純粋な疑問に聞こえたからだ。

「声が聞こえたから」

「声？」

「そう。今思えば幻聴だったのかもしれない。けどその声を聞いて、僕は何か別のものにならなければならないと思っていたことに気づいた。そのことを促すような声」

「別のもの？」

「別の生き物といってもいいかもしれない」

システムに搾取されつつ、配達を続けるうちに、Kの中でつみあがっていくものが確かにあった。システムとか、資本とか、人生の在り方とか、これまでの価値基準からはほんの少しだけ離れた自然がそこにあって、Kは徐々にその中で生きていく力を身につけていった。

「いいな、別の生き物。私もなりたい、私は、」

そこまで言って、ＩＣＯはその先を言いあぐねる。

「私は、まともになりたい」

ＩＣＯの声は震えている。

「私は私じゃない生き物になりたい。自分のことばっかり考えるんじゃなくて、ちゃんと公平に世の中に対応することができる人になりたい。私は私じゃない、別の生き物になりたい。私は、私は、まともになりたい」

もう一人のＩＣＯのことを思い出しながらＩＣＯは言う。

言い終わった口元をＫはじっと見つめていた。しばし見つめあうかっこうになった後、

「なれるよ」

とＫが言った。

その率直な口調に、矢を射られたようにＩＣＯは言葉を失った。

ＩＣＯはその日オーダーしたのはＫが運んだものが最後で、Ｋにとってもそれが最後の配達だった。その日の最後の配達ではなく、Ｋは配達員自体をやめるそうだった。Ｋはそろそろまた別の生き物にならなければならない。

「じゃあ、その帽子もらっていい？」

ＩＣＯにねだられて、Ｋは帽子を彼女に譲った。すっぽりと頭に帽子を被されたＩＣＯの視線は、Ｋのそれから遮断される。ＩＣＯは帽子の鍔《つば》に手をやって、それをあげたときにＫに向けるべき表情を考えていた。

初出

第一章　Ｋ　「文學界」２０２２年１月号
第二章　ＩＣＯ　「文學界」２０２２年７月号
第三章　Ｋ＋ｋ　「文學界」２０２２年12月号
第四章　Ｋ＋ＩＣＯ　「文學界」２０２３年４月号

上田岳弘（うえだ・たかひろ）

1979年兵庫県生まれ。早稲田大学法学部卒。2013年「太陽」で第45回新潮新人賞を受賞しデビュー。15年「私の恋人」で第28回三島由紀夫賞、18年『塔と重力』で第68回芸術選奨文部科学大臣新人賞、19年「ニムロッド」で第160回芥川龍之介賞、22年「旅のない」で第46回川端康成文学賞を受賞。他の著作に『異郷の友人』『キュー』『引力の欠落』『最愛の』など。

K《ケー》+《プラス》I《イ》CO《コ》

二〇二四年二月十日　第一刷発行

著者　上《うえ》田《だ》岳弘《たかひろ》
発行者　花田朋子
発行所　株式会社　文藝春秋
〒一〇二‐八〇〇八
東京都千代田区紀尾井町三番二十三号
電話　〇三‐三二六五‐一二一一

印刷所　理想社
製本所　大口製本
DTP制作　ローヤル企画

ISBN978-4-16-391803-7